人 言

如 佰

蕭宇翔

堯 雯

黑 暗

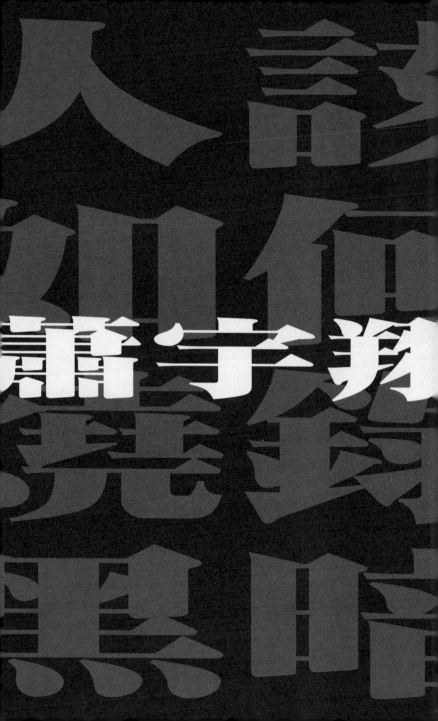

該何錄暗人如燒黑

輯二：浸入波紋

輯三：緊握的手在水中分離

輯四：一物縫合一物

輯五：通往音源

《夢土上》、《孤獨國》、《苦苓林的一夜》、《夢或者黎明》、《舟子的悲歌》、《水之湄》……二〇二二年，是他，雀的眼睛帶領我們迻譯生活，蕭宇翔首部詩集。

——詩人　吳懷晨

蕭宇翔的詩歌同時具有古典與現代的精神；這本詩集也許是推動下一個詩歌黃金世代的開端。

——詩人　曹馭博

這是一個格局恢弘的青春祭壇，上有詩的縱橫開闔之自由演練，展現詩神最初的傷痕與榮耀。

——詩人　廖偉棠

徘徊在詩歌歷史的屋宇——推介蕭宇翔《人該如何燒錄黑暗》

須文蔚（詩人．國立臺灣師範大學文學院副院長）

在二〇一〇年，我們一群熱愛創作與文學的老師，在花東縱谷以十足的創意，打造一個全新的文學系所。我私心期待這不僅僅是一個學術機構，應當像西班牙小說家薩豐（Carlos Ruiz Zafón）《風之影》（*The Shadow of the Wind*）一書中的「遺忘書之墓」一樣充滿奧義與驚喜。記得在故事開端，十一歲的主人翁達尼隨著經營書店的父親來到「遺忘書之墓」，這裡典藏所有圖書館、書店不再蒐藏或販售的書籍，迷宮般的神祕處所中，愛書人一旦選取一本絕版書，就要終身守護之。

我們也深知臺灣的文學教育科系專業涇渭分明，中文系疏於世界文學與西洋文學批評理論，外文系不重視中國古典文學素養，我們所設置的文學知識迷宮立足臺灣，以文學的歷史為經，中國古典、現當代華文文學以及世界文學為緯，召喚擁抱創作之夢的青年，前來探險。

二〇一七年你是個青澀的小大一，我忙著帶領你們全班閱讀現代文學史，你在課餘好幾次拿著新寫好的詩作，語言還粗礫，過於繁複的意象阻礙了抒情，我給了修改意見，沒兩天就會收到新稿，於是我們經常往復透過雲端的書信，字斟句酌，修潤增刪，朝向一首詩的完成。你最近來信回想起往事：「老師直到半夜兩點半仍與我訊息往返，還記得當時心中激動不已，但又不敢聊得太晚的緊張和愉悅！」我當時其實並不疲倦，因為知道也很快會挑選一本詩集，全心全意看顧之。

我沒來得及告訴你更多詩的祕訣，現代文學史的課程就結束了，於是文學歷史彷彿只是一本厚重，過了保存期限的講義，而現代詩創作的指導，只開啟在詩的語言與敘說上。但你早熟與多元的創作，在二〇一八年就獲得《幼獅文藝》新秀專刊介紹，夏天時登出你的五首詩，我也獻上祝福：「宇翔有專注的性格，銳利的眼神，在大一的學生中很醒目，很快就吸引老師的注目。課餘他會拿創作與我討論，非常難得的是，他耐心修改創作，反覆鍛鍊文字，傾心閱讀經典，一切都來自他對詩的虔誠信仰，也使得他能銘刻情愛、寂寞與公義在文字中。期待花蓮的山海能成為宇翔的祕密武器，探索自然的奧義，開拓更多書寫的可能。」

你在縱谷的文學迷宮中長成，課堂開啟你廣泛接觸華文現代詩創作，也讓你熟稔西方當代詩歌的創作系譜，《人該如何燒錄黑暗》是一本充滿前衛精神的詩集，你以異常冷靜的語調，與楊牧、木心、阿巴斯、特朗斯特羅默對話，在虛構中，以充滿智慧與同情的語言，展現出表述真理、呼籲正義以及追求善美的抱負，呈現了詩意，更展現思想，難能可貴。在不少青年詩人情迷於自身幽黯的心靈世界，你不跟隨著時代裡的風氣，有著截然不同的觀念：

因為意識到自己
陷在一幢歷史之屋中（〈序曲：紀二〇二〇年生日〉）

你自覺到自身與時代的關係，也將中國古典文學乃至世界文學納入視野，體會到傳統不僅再現於文學史的課堂上，也存在於你的眼前與詩中。

你相當著迷瑞典詩人特朗斯特羅默（Tomas Tranströmer, 1931-2015），細讀詩集，聆聽他中風後錄製的鋼琴演奏專輯，〈深夜聽托馬斯彈琴〉一詩吐露出對詩人以孱弱病體演奏的不捨，在感動之餘將樂音與詩句融合：「此刻黑暗燒錄著我們，直到唱片彈出槽隙／睜開光縫，我看見他靜止於潔白書封」，紀錄了藝術通向永恆的一瞬間。而〈特朗斯特羅默之死〉一詩，更置身於詩人的書房，並不致力敘事與描寫細節，而是援用特朗斯特羅默擅長的神祕與精妙的意象，既道出詩人生命的困頓與詩藝的精湛，也以老少詩人的握手：

他握起我的手，像是在
給我把脈
像是握著一個門把

歌唱出「指窮於為薪，火傳也，不知其盡也」的寓言，縱然老去的靈魂離開了肉體，但創作詩的火苗與一扇又一扇開啟的門，等待青年詩人邁入詩的殿堂。

你閱讀與觀影的涉獵很廣，也開啟創作的靈感，但不拘泥於經典的本身，而你擅與藝術家比肩，〈阿巴斯之死〉一詩也讓人印象深刻。伊朗知名導演阿巴斯是「伊朗電影新浪潮」第二代的代表人物，在充滿政治與禁忌的年代，他以詩意的影像語言，揭露現實的弊端，多次獲得國際大獎，但影片往往遭到母國查禁。阿巴斯於二〇一六年在巴黎辭世，遺體返國時，受到萬千影迷夾道迎接。你虛構了與阿巴斯在病房的對話，在大導演生命終結前一起觀看夕陽，回顧來自鄉野的風光，迎接死亡的到來，叩問藝術捕捉美麗的祕訣。你以充滿智慧與同情的語言，收束全詩，沙子流過指隙的匆匆，有餘韻，也帶給讀者無限的思索。

記得你問過我，如何調度詩的敘事，同時保有抒情的意涵？當時你有意書寫到一個早療中心志願服務的經驗，我提醒你應當注意事件發生的空間關係，以及先後的次序，帶領讀者跟隨你的腳步，領略故事中的轉折，而不要任性地跳躍與剪輯。看到你還有些迷惑，我笑著說：「最簡單的方式就是打開Google地圖嘛！」其實就想告訴你，詩固然本於語言，但謀篇還是與真實世界脈絡相通，關係緊密。當讀到〈二〇二一年四月七日〉一詩，我欣悅地感受到你能承接前輩詩人的創作論，又能以詩撼動社會的氣象。

二〇二一年四月二日北迴線太魯閣號列車出軌，在清水隧道前，工程車滑落邊坡墜入鐵軌，造成列車出軌，車廂嚴重損毀，造成四十九人罹難和二一三人輕重傷，引發社會震動。在巨大的悲愴情緒中，文字往往顯得蒼白與無力？你引了亞當．扎加耶夫斯基〈讀米沃什〉一詩的最後一段：「大夜已君臨，／我且將書一放，／城中的浮薄與喧囂又起——／有人咳嗽，或哭喊或詛咒。」表白心跡，期望自己能如波蘭詩人米沃什（Czesław Miłosz）一樣，他的作品目擊大戰與死亡，但以詩超越現實的猥瑣與悲哀，以愛與信念化解人類的苦痛。在這首寫實的作品中，一個喜愛詩的學生搭上一班死亡列車，「他正動筆寫下的詩句將永遠抗拒完成／因為這是一次誤點，渡向永恆」，縱使詩沒有魔法，不能扭轉命運，你還是以詩紀錄下災難到來的一瞬間：

誰在最後記住了他們？
進入隧道的一刻
黑暗也曾在玻璃上速寫他們的臉
那毫不遲疑的筆力
這是最後一次

你知道語言儘管無能為力，黑暗終將降臨，但你繼承了扎加耶夫斯基在〈讀米沃什〉中所展現的詩人職責：「你總是想要超越／詩歌，在它之上，飛翔，／同時也更低，深入我們／卑微、怯懦的領域起始之處。」詩能讓人們記得悲劇的傷痛，詩帶著人們穿越死亡與黑夜。

你同時努力探究音樂與詩的關係，以語言展現韻律、聲響、節奏與弦外之音，反覆出入流行音樂、民謠與古典音樂，從力度、速度、旋律與曲式，談愛情、哲學與美學，探索音與意合的境界，深具特色，也影響了同代的詩人，以唱片的兩面，敘說人間事多重的觀點。

不容忽視的是，《人該如何燒錄黑暗》中也關懷社會底層民眾的生活，道出當代青年的困頓，豐富了整體創作的面向與廣度。我特別喜歡〈他住在頂樓加蓋的雅房——獻給我所有的詩歌夥伴〉一詩，年輕的詩人過著波西米亞的生活，在貧困中依舊兢兢業業於詩創作，熱中於相互的批評，你感慨地說：

聰慧，與幻滅何嘗不可——感到被說服
我推回那些詩稿，下定論：讚賞
或批評你不要管——先好好活下去

是啊！生活才是創作真正的源頭，這不正是特朗斯特羅默透過俳句激勵我們：「我們必須共同生活：／與細字體的草／以及地窖的笑聲」。

你曾在花東縱谷中，徘徊在文學歷史的屋宇，文學傳統的教養滋潤了你，鄉土現實的衝擊洗滌了你，我知道你已經完成一個浪漫詩人在二十五歲前的作業了，未來你要更深入古典的精髓，學習更多世界詩歌的美學，才能邁向更長遠的創作道路，就如你在詩集終章〈功課〉的歌唱：

假使一個詩人
真正繼承了詩的尊嚴
與記憶，那麼他會懂得
貶謫的旅途如何擴張了語言的窮途
點上這支菸，孤煙也完成了它的功課

期待你始終保有對經典的好奇，願意踏查臺灣土地觀察現實，相信定能鎔鑄出更加抒情與成熟的詩篇。

影響與勇氣

楊智傑（詩人）

一代人的勇氣已經成形。這一代人，在創作自我極端膨脹的時代，模糊感知到尋索另一條路線的必要性，並透過細讀、討論、翻譯、仿寫，與中文世界之外的詩歌重新接軌。那或許是你我多少陌生的傳統——從七年級的成東、印卡，到八年級曹馭博、洪聖翔等詩人，象徵著對既有詩歌技法的不滿足，一種沉默的宣言。

一九九九的蕭宇翔是後至者之一，未必最成熟，卻是最坦然。蕭宇翔在第一本詩集中，將追索前行詩人足跡的「敲擊後的音叉」放在首輯，放棄了初登場詩人主張個性的黃金時刻，屈身於特朗斯特羅姆、阿巴斯、木心、沃克特，以及更加無可避免的，楊牧的巨大文體的光照與陰影下。T. S. 艾略特在〈傳統與個人才具〉中，指出傳統「無法自動繼承、而須付出相當的勞力獲致」，蕭宇翔在各種傳統間投注勞力與關注，為自己（及同時代寫作者）開採礦脈，在深夜臉書上，我們常看見髒頭髒臉的詩人走出坑道，木桶裡搖晃幾粒金沙，雖然更多時候一無所獲。

「詩是天空／我不寫／我要安靜如麻雀」（〈湖面動靜〉）。機敏而節制。這是我所認識的宇翔。

《人該如何燒錄黑暗》各輯以樂理、樂風概念分輯，形式感強烈，輯一寫詩人與眾詩歌大師的對位合奏，然而不從主題與意旨，而從詩形與口吻出發。這樂器間的音色將陸續出現在其後章節中。輯二則以唱片正反面設計，與布羅茨基、奧登、尼采、柯泯薰等創作者呼應。輯三帶來更流暢的敘事、清晰的現實：「大海那麼鎮定，小娟沒有看過／從四川坐飛機來打工，她的行李／塞滿二十六吋的火鍋底料」（〈小娟與三條狗〉），輯四面對抒情自我（與一部分的理想讀者）、愛與質問；輯五寫自然、土地與家族史，輯六處理社會議題與當代神祕經驗，並以一種更自由的聲調（正如爵士），朝尚未存在的音樂游牧。

各輯中，相近的詩型一再出現，如雙行體及其變奏（〈深夜聽托馬斯彈琴〉、〈特朗斯特羅默之死〉、〈大音希聲——為木心〉、〈往返〉等）、三行體及其變奏（〈三條狗與小娟〉、〈他住在頂樓加蓋的雅房〉等）、四行、五行詩節與獨行詩節交錯安排（〈變形記〉、〈陪永和看電視〉等）、或以賦格曲式迴環推進意義的（〈穀雨前夕〉等），上述詩形約佔詩集三分之一至一半篇幅，帶來閱讀穩定感、同時要避免讀者的期待疲勞，形式內的聲音工程就更顯重要。

詩人專注詩的音樂性，值得追問的卻是，詩的音樂性與音樂的音樂性（或詩的敘事性與敘事的敘事性）是否等同？若是，一切的寫作可休矣。單獨的形式無法使詩人存在，惟經驗與形式間的張力能使詩人在場。以寫家族史的〈陪永和看電視〉為例，雖有此在與記憶的交疊、媒體和網路語言的戲謔挪用，其迴行、斷句與敘事場景切換安排，毋寧更令人想起楊牧〈失落的指環——為車臣而作〉的詩質，不在意義轉換處斷行，而更在乎聲音中的意義是否適切抵達某個位置。然而宇翔「在場」的方式是投放新的語言資源，如在經典的聲音結構中，以「Hello Kitty」（英語的升降調）與「娘仔咧，比這個都還便宜」（台語七聲中的五個聲調）諧韻間的微妙張力，以及永和阿公失效的個人史陳述與現實對照的不合時宜性，讓這首詩超過表面的戲謔，直抵家族記憶的刺痛點。

既談到經驗，也談談蕭宇翔詩作關注現實經驗的面向，包括寫土地與歷史的〈昨天與今天——記最後一名卑南人〉、寫香港理大圍城的〈每日動態：二〇一九〉。詩集前半部作品處理的主題宏大抽象，後半則更多以口語、流行語、日常語不間斷確認「此在」的實存，以免為字詞背後的虛空所噬。〈萬華行〉在兩者間取得了平衡：「天空降下靄靄的保麗龍，有個小孩／在陽台上搓呀搓，媽媽從後面逮住他／三個巴掌，啊啊啊——真想和他說／別哭我也一樣，沒見過真的雪」、「這裡是哪？」他湊過來問／我正在雪地中疾駛，菸捻熄，懶得理他：／《極限競速：地平線4》」、「別怕我也一樣，沒見過真的家」。比起大型主題，這首略顯瑣碎的敘事小詩，可能更接近你我聽過的熟悉聲音，人類的聲音。

從蕭宇翔出版前自印詩集《巨鹿》到最終付梓的《人該如何燒錄黑暗》，處處可看宇翔處理長詩大構的意圖，而同樣令我心折是那些意義未必完整，而僅止於形象與聲音上的微弱靈光，如「水母：故障的天使／熾熱到透明／未能想起自己」、「墓園裡，一串蝴蝶撞擊墳塚／／撞擊／彷彿鑰匙／找不到鎖孔」（〈未完成的晚禱〉）。這些閃光意味著某些經驗拒絕被更大的結構吸納，而詩予以收容、使之安身，並對詩人產生某種實質性的安慰。

最後我們想問，罕見地以疑問句構成的詩集名稱《人該如何燒錄黑暗》究竟意指為何？〈深夜聽托馬斯彈琴〉中宇翔寫「黑暗燒錄著我們」，此時中風的托馬斯已年近六十，宇翔則正要來到二十五歲關口，那是艾略特所說，詩人必須開始「具備歷史意識」的時刻，或許也是詩人對世界的最初體驗已經耗盡的時刻。對蕭宇翔來說，這本詩集或許是音樂帶來的禮物，而在影響之後，風格之前，寂靜或將帶來另一些事物。

面對自我吞噬的語言世界，宇翔無畏，且並不焦急——一代人的勇氣已然成形。

小序並詩

當人們談及什麼是詩，總覺得意猶未盡，這樣很好。我們知道詩之為詩，一個經久不衰，且往往就是最為前沿的文體，不只因為情感的共鳴，或以語言為情感賦名——不只如此。詩，是為了成為他人的容器，且完全不設限他人的想像。

因為語言是人體向外延伸、鋪展的一套神經系統。一個詞的跳躍、一道分行或斷句、一首詩的結尾，都不斷搜索著各種新的人類處境和心理現實，永遠在經驗世界的風口浪尖睜大雙眼。這龐雜的意識流，可能源自於一個詞：一個詞經過意識的折射，成為一顆旋轉煥發的水晶，投出數種角度，而那些折射又會反過來重新定位人的意識。

事物的本質似乎早已允為無限。

我們對於一個詞彙、一道分行斷句、一首詩的結尾所產生的反應，就是這神經網絡所帶來的作用，我們忘不了一個詞彙所帶來的，或粗糙或纖細的感受，我們忍不住去追究，即便那可能是毀滅性的觸發，不可預期的衝擊。我們忍不住去增加和提煉，正如我們忍不住對敏感與精緻、美和善產生渴望。尤其，語言錯綜複雜的變異常常會自動銳化或發展原觀念、原主題；尤其，語言的加速度總是飛掠過那些不可言明的東西，終使它們不言自明。

當語言作為我的神經，即便坐在斗室裡哪也不去，也能感到世界正尋找我。

人類的心無法相通，但我相信最終有一種系統可以將價值共享，串聯起人與人之間的命運與意義，而人們仍保有其主體性與獨立的創造力。這系統不正是語言嗎？如果語言最終達成一種革命性的演化結果，一種人與人之間共同互惠的區塊鏈能否成立？與其他藝術相比，詩歌的本質不是音符節奏，不是顏料線條，正是語言，以其高效、迅猛和加速，通往共感、通情與同理。布羅茨基曾這樣為詩辯護：在類型學中，詩歌是語言的最高形式，而在人類學的意義上，詩歌是人類演化的目的。用我自己的話說：眾情敵擁護著同一個心上人，我們對真理的愛使我們浸漬，穎悟，決絕。

我今後還要寫這樣的詩：掌握一個主題動機、敘事視角，並斟酌一句當定而未定的獨白、一個拳拳赤誠的故事與心意，藉此興發，布置縱橫座標，將知識經驗裡最尖銳、透徹、飽滿的觸感予以披露，以最為寵辱不驚的方式，如一個鋼琴演奏家也有他的專業，細心把控觸鍵的深淺與高低，隨情緒起伏與合理的辯證思路，適時綴以合情的裝飾背景，設定它們成為寓言的一環，配合主題的趨指，帶動輕重緩急，反覆如此，只要耐心，眾多線路自然在最後的段落匯沖為強力的隱喻，彷彿奔流碰到溪石，擊出響亮的扇形，更在迴流以後製造深度與潛力。惟耐心，惟時刻警醒，不被遐想所帶跑，如此，便可以唱出完整的曲目，懇切而必然，從心而不逾矩。

我相信，一首詩能為人類的眾多心靈求同存異，一經創生，就在這世上獲得一席之地，一個可以自由進出，內外分明的結界，一首詩能保護裡面的故事與心意不為外在紛繁所侵擾，不因宇宙之大而絕望，不受時間漫漫點滴之腐蝕。一首詩使我相信，世界是真實的，而且語言、心靈、物質三者同樣真實。

因為一首詩就像音樂，它無抱可擁，它直接熨貼胸口。

序曲——紀二〇二〇年生日

薄得透光，天空
如肚腹，抬頭就能望見

一年的第六天
我選擇了寂靜與和平
因為意識到自己
陷在一幢歷史之屋中

頂樓的房客拉著提琴
我感覺這琴弦細得不能更細

在割鋸著什麼——我說不清
什麼正傾斜

在這收割的季節
我彷彿聞到心中的高粱田
正起火燃燒
令人感到醉意的波浪式音樂

那傾斜的什麼發出嘎嘎裂響
平衡已失守，微笑已失守
神木一般轟然倒地——
一個世紀的結束

天空變得異常乾淨
蔚藍的音質，這波浪
是全然另一種清晰
我微笑但不是因為愉悅
正如哭泣不是出於悲傷
倒地的神木在我眼中，船已成型

獻詩　代禱

他因軟弱被釘在十字架上，卻因神的大能仍然活著。
——《哥林多後書13：4》

然後世界開始倒退
像膠卷，在手把的轉動下
迎來最後一次
如果全力衝刺也沒辦法——這時
醒目的風，將它向上送

與藍空接壤
你想證明這風箏是能飛的
盯著它：退到一個稍遠的廣角
遺忘了肉身之重，現在
你就是它。風
取代了雙手，輕輕鬆鬆
滾動的線索你放空

讓風箏在天堂的拱壁上敞亮
如一扇載浮載沉的窗
篩下灰塵與
光中施捨的碎銀
漏出萬物甚至自己

也通融其中
懸在那有些孤獨的高空
毫無願望
也不緊迫

早先，有個使者走在水上
拋開了此時與現世
若非因為禱告
或者誰的恩賜
若有人見證這一刻
那麼你就是
所以你就是。不是女兒

情人，或誰的夢
拋卸凡人所需的質量
僅留歪斜的脊椎，雙臂一張
做一名有心的天使
枕著昨日的廢墟
披著明日的風雨
假定一切自由
緊緊繫於自己的掌握

假定這就是自由
樂曲不免即興到了一個段落
只剩下透明虛無流動
在萬物的裂縫，任洪細

亢墜在一個流亡維度，在
水仙倒映的池鏡裡
匯聚每一滴苦痛

那裡，蒙娜麗莎疲乏的眼色在剝落
每縷煙都在奔離一個裸命
那裡，孩子們走上翻湧的野芒
在雨中飄升，在空中挖墳
如果天聽沉默依然
沒有什麼不同

那麼裁掉風箏的布吧
空空的架子留下

一個十字它誰也不是

然後世界飄然欲墜
兩個孩子已長大
對一切殘破毫無崇拜，懇求，或懺悔
然後地球轉動如果
沒有什麼不同
一定

岸邊起潮水
誘引你的手盪然
晃到另一隻手上
這時你要相信

你就是你他就是他
在相互的熱望裡，若
奔跑中有迎面的風
那是地球在轉動
以星雪，日日與夜夜
以一定的重力——愛
將人們攜在地上飛

輯一

敲擊後的音叉

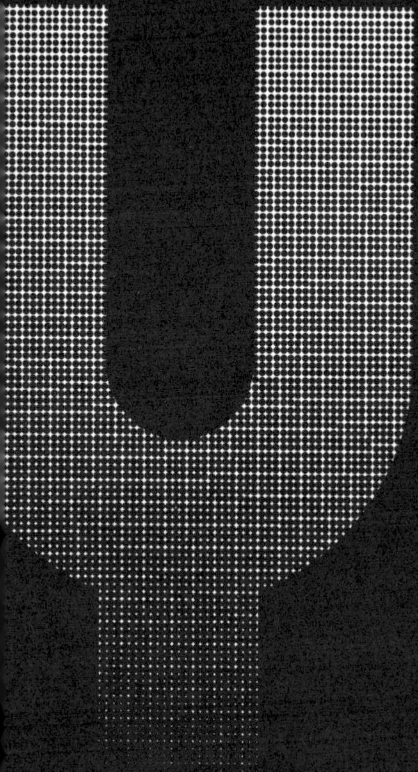

深夜聽托馬斯彈琴

一九八九年，藍房子更顯衰舊
推開木門，藉月光洶湧的水壓
我聽見琶音流暢，踏板時機
恰如其分，托馬斯正值健朗

在急煞的琴聲中站起，他走向我
挺拔如一陣銀濤。而我糾結於

要時間靜止而時間未曾
但正因如此，韻律找上我們

「我帶了唱片來。」預先抹除
演奏者與年份。托馬斯接過

這躁動的漩渦，他持以安分的手
難掩的期待，「海頓？」他渴望它旋轉

我明白不忍越是殘忍
就讓音樂漲潮，接管這琴房

燈光流線而琴弦排浪，送他

入黑暗：這一切離心撕扯的中心

我聽見他在顫抖、喘息：「單手彈奏？」
「是的，恐怕——」我潰堤的負疚

此刻，半個托馬斯一動不動，而另一半
坐在未來彈琴，那是二〇〇一年秋天的錄音

此刻黑暗燒錄著我們，直到唱片彈出槽隙
睜開光縫，我看見他靜止於潔白書封

——何曾靜止？此刻
面對鍵盤，輪到我再現那顫抖

與喘息——遙遠的韻律自我內部
加速流出，要我敲擊、敲擊

注：托馬斯．特朗斯特羅默於一九九〇年中風，失去語言能力並半身癱瘓。他曾在二〇〇一年秋天錄製並發行了一張左手鋼琴CD。落鍵過重、琶音機械、踏板遲鈍、喘息聲干擾。十分感動。

特朗斯特羅默之死

三月天。一塊青石頭
鑽出風的訊息

午後，托馬斯讓我去收信
我只刨下了一些苔蘚

他點了點頭，放進色盤裡
然後說，他要小睡一會兒

像岸一樣睡著，那眼角
流動著上下的潮汐

那彈鋼琴的手指，規律地
在腹部奏出黑色鐘聲

他驚醒的意識彷彿
一隻欲抓住太陽的手

提起筆，但失去了詞
他試圖描摹：一種風格
明快、繁複的左手

與右手的低音部取得了平衡

以一種
瓷器的輕盈

他沉思，鈷藍式的沉思
他鍛造冰雪，使青花發色
他翻枝接葉、編織出一片森林
詞語——終於消失。

結束後，他指著窗外雪地
讓我去尋鹿蹄的拓印

他雀的眼睛正經歷一次冬季飛行
而我不懂，擋在門口

他用沉默翻譯生活：
每一刻，都是遞增的謎語

但我不懂，擋在門口

他握起我的手，像是在
給我把脈

像是握著一個門把
然後打開

阿巴斯之死

五點十分，我偷渡阿巴斯出院
陪他看最後一次夕陽

看他熬紅了眼眶
我撿起枯葉一片，又一片
而他接過去對折又對折
直到和露珠一樣小
剛好容納他剔透的哀傷

巴黎醫院，他睡睡醒醒
過於喧囂的紅黑色淤積了視野他赫然發覺
世界彷彿靜音，相比於
他體內的壞天氣

滲透了一整間病房
灰葡萄般的色調
乾縮了故事感與張力。他想
門鎖孔眼的鏡頭裡
畫面正死亡

五點〇三分，我轉動門把
沒鎖。如擰開一顆鈕扣輕易

他正連連咳嗽，以母語
以那寂靜如生，轟鳴如死
三音節的連音——「نجن。」
交錯著風聲、火聲
和動物的哀鳴，我聽見

一隻隻麻雀墜落旱土的鼓點
少年少女泣不成聲的歡謔
水龍頭轉開了火車快隧
和他喉嚨井底的低頻

一個異鄉人，一個偉大心靈
綠蟬聲和灰鐘聲將他圍困

癱躺於床，他輕輕眨眼
向自己的謝幕

最終運回了伊朗，葬禮上
靈柩停擺講台，那些人
像兜售真理的政治家
以悔恨討論死亡
虛心瞥視靈柩，而不知道
阿巴斯不在裡頭

我們趕上了夕陽

坐上沙丘

一老一小的兩隻狐狸
端坐且眼看
這瞬間的長鏡頭
永恆的蒙太奇
當我問他：如何捕捉這稍縱即逝的美麗？

「當你同情萬物
就再也不需要。」
阿巴斯說，並抓給我
一把沙子

任自己
流過我的指隙

大音希聲——為木心

穿過弄堂我買來，先生的囑咐：
飛馬牌香菸，二角八分一包

一九七〇年，下著攔路的雨
汪然中，我奔波的腳底

過幢幢矮樓。垂釣的門楣
浸入波紋，如替記憶上鎖

回來時先生已在夢中，是嗎？
怎可能沒有，他也作夢

這樣一個對萬物貪食的人
什麼也愛，什麼都忌口

盒上印著添翼的馬，來自解放軍的廠房
革命，對歷史來說也算是種甜點

那麼斷指的鋼琴家也算嗎。只要心中
有譜：木片為鍵，竹林管風

只要不醒，就不作一半的夢

他已將自己遺忘得純屬未來
現在作足一生的夢就要驚醒
接過這支菸，這苦難後的甜點

在斗室裡寧然安坐，盯著虛空
彷彿那裡轉著一顆陀螺

火光上騷動的空氣在迂迴：孤煙
舌頭般吐出，一道不能再甜的曲線
然後他就捻熄，畏畏縮進
小病床。等殘留的月光從瞳孔揮發

窗外有水，有橋，有善記憶的風
那微風將他牽走——橋過，水也過
翻遍天地的鐘聲也尋找過：一道人影
突然佇立，如被敲擊後的音叉

三幕劇：德里克．沃克特

【序幕】

「多凶猛的畫面，如果有人問我
真實中能否區分出虛構的細節如果
生與死背靠著背，重疊於顏料
突圍一瞬而後暴亡於我眼中的閃爍，或許
這是不可區分的，這是在風口——

海水冰冷拍入脊髓，水流

這快速的豹紋，肌理撕扯青筋
眼前的那艘船將沉沒無疑
海鷗已開始盤旋等待浪尖浮現
死者的殘肢，夕陽在海面燒滾血的脈絡

深紅的海水即將全黑如墨，視角
漸漸傾斜——眼前的那艘船
必沉無疑而你靠得那麼近，彷彿
就在不遠處的另一艘船上，垂落你
絕望的望遠鏡，踱回斗室裡吸菸，拿起筆」

【揭幕】

「『這真是一幅無與倫比的畫，彷彿
近在奧德修斯的身旁。』你對著畫家說
站在這凶猛的畫面前，雙手抱胸
立體的白色顏料，僭越了紫黑的背景
而最下方是一無所知的亞麻布，承受著

你父親的敘事。一名最有勇氣的海員
戰爭焚毀前的故鄉，老家的窗口
就是這麼一幅港口映像。父親總是
瘸腿走近傍海的窗，一語不發
聽一下午無聲的浪，全憑遙想

這扇窗，此刻，框限著記憶
誰的喉嚨深不見底，誰的眼珠
正酸蝕，誰將視線曝在畫上晒出鹽巴
你與畫家一人搬著一角——在飄搖的水面
濺出前，在父親的遺像前——點燃它」

【再揭】

「但他們怎可能火葬記憶於逝水？」
我提議：「如果燒的是一首詩稿呢？」
小說家L盯著馬克杯底：「沒道理，在你眼中
什麼都是詩。」咖啡正湧動苦沫
稿紙翻到一無所知的背面。店窗外是

一片無驚之海，浪花如獅子的鬃髦尾隨於風
渦流對獵物失去了興致，而船比雲朵輕
因此可以寫在海上，承載一些虛構的目的
小說家L，眉頭如緊皺的潮間帶，眼鏡
反光在窗外——夕陽，同時來臨同時離去

——多平衡的意象。我彷彿捕捉到浪中
在尋求著依附的一點什麼。什麼被遺棄了
在浪中⋯⋯在小說家蓄意的烏雲外漂泊
萬里之外，一名詩人雙手離舵：
「多凶猛的畫面，如果有人問我⋯⋯」

天地悖論——為屈原

宿莽經冬不枯，並且
食之令人迷惘。這兩者，你問
是否屬於因果、必然？
——是，因為我已不能回答

拔心不死那麼還算是
有心的麼？繼續問著宿莽
你緊皺的眉頭，雄辯的
色目。我看見亞洲正著火

撥弄這迷茫茂盛你抽長的髮
我說：有的。有些人一生
專精於死亡。暴雨洗淨枝頭，碎花
縫入枕中，所需的忍耐，與曝晒

仍迎風而立，當雷霆有時
使你感到新的誕生竟也由
一些舊的苦痛所致。當水的意志
從偏旁介入，迎風泣也有時

高強度的紫外線覆蓋曠野
在你雙眼洄游的水面，一隻
踉蹌的山羌走入溪腹，傾全身

將傷口貼靠，等待波紋撫觸

扶桑的日子裡你還平躺若木
任憑群鴿叼啄，在胸口起伏
看窗外一輪火圈降落，而天地
如伏虎：低沉、緊繃、不動

火芒與風葦

今後讓我們透過蘆笛交談吧。
——奧維德《變形記》

也曾跋涉過這渙散的荒野
登上小沙丘，看日神躲進烏雲
露出句號般的面容，轉頭是宇宙
宇宙背後，據說是極目回望的你和我
當鑼鈸敲開雨聲，夜燈翻找

寂寞的人。一雙手緊握著
我光是佇立，看汗水磊磊
滴落腳邊不可抹去
筆下一滴墨

黑暗中反而形塑出輪廓
難道影子正消耗著我
書寫出你：一種楔型的字體
因足夠消瘦而被記憶：這是四月
過於方正，這是窗外的世界
汪洋沖洗過一組組底片
我觸探向海與天不曾的交會
放下單筒——看見火芒與風葦

放下看得更遠：一道莒光正轟隆
鑽入山的心腹，順從你的手勢
我似乎能夠預見它的行向
一座河谷正開放，稻田在排列
那裡，藤蔓謹慎地蜷曲，西瓜豐碩
爆裂；而芭蕉固然萎小、斑駁
木桌上任人拾取，哪怕只有零錢
哪怕午後必然的雷雲，你教我
走入喪家的棚架，小坐避雨

你消失在雨中。當我心正默算
稻田的排列，和焚草的巨煙
讀不出白葉山的脈絡，也時常有霧

朦朧於奇萊高深的雪。這時步出棚架
戴一頂苦寒的帽子，涉及山頭
經手植木，親嘗奇萊的雪是如何脈脈
通融所有崎嶇，伏流於鐵軌下

感受列車正加速，車長剪裁過你的雙目
——飄搖的絲絮。玻璃窗開，有人
目送在窗外。這時一些氣旋透入而種籽
紛落荒野——連根生長火芒與風葦

輯二

浸入波紋

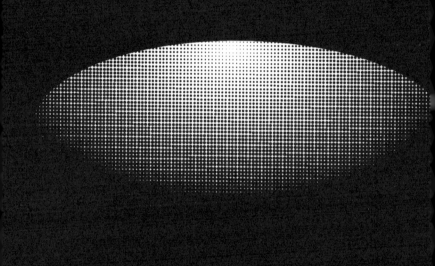

唱片一——正面

致柯泯薰其人其歌

走進妳
我們就失去雨聲了
那歌聲溫柔如刀一把
反手以木柄
敲響湖畔的殼面
敲開我們

胸口的玻璃屋

圍坐妳
我們就失去霧了
安靜成一圈
一圈靜止的漣漪

在我們眼裡點起星火
將風贈予視野

妳是燕子
在雨騎樓築巢
保護我們危弱的生命

然而妳有著
夏候鳥的細尾

背後的布幕湛藍了起來
循著妳飛離的軌跡
我試圖
抱下一些羽毛

追尋的念頭已起飛
我的翅膀還在準備

唱片一——反面

奏鳴曲式

死之將至，尋覓著
誰的肉體正平緩，反射
死神的面容。若愛人
以同樣靈魂注視。
——約瑟夫・布羅茨基〈靜物〉

我也第一次認識死亡
她舞蹈，靜止，半空中
一把失去琴體的弓

沒有光譜，沒有音樂
回到宇宙誕生前

時間在收牧，我低頭
向黑色大地禱告

而麥子向火焰
礁岩向怒濤

雲雨在屋簷計時，而我
蹲坐如瓦罐，注入越虧空

雖頹敗的家屋，我依舊日常
將蘋果剖半——這掌心中的蝴蝶
也能掀開視野，像《詩篇》
（窗外強風吹）以神父之手翻閱

沒有洪水，洗淨我頭顱
沒有嚎啕，帶我入荒原
如果我的瞳孔是鹿的瞳孔

且讓這凝視，蒸發露的邊緣

如果芒草向飛鳥
而飛鳥向天空散播沉默

如果海洋向砷，而我
向著體內的空洞

如果她依舊舞弓，且終於
自黑暗中脫身

我吸氣，以肋骨架構琴身
我靠近，豎緊神經以鋼韌

如果我以完全的空洞撐開了黑暗
聽見她弓的回音：「有光——」
我也第一次認識生命

唱片二——正面

驚蟄摹寫

黑尾燕擊沉了
一片春綠的葉子
擊穿了地面
影子是全速之黑

失去了色彩的
牠的飛影，放大
還原為淺藍色噪音

使天空靜謐。風
成為一種隧道

冬眠如一顆種籽
我重獲了感官，初春之雷
使你的影子也開始脹大
雨結束了，在星期二早晨
我觸碰星期一的屍體
冰涼而鐵灰
一如上週末的天空

而今日陽光遍地
我撥開綠浪，我抬頭

閱讀雲，朗誦蝴蝶
以為雨消失了
大地卻寫滿刺眼的遺書
以為聲音是不可能再現的
但你的話語都在復萌

樹木們從不喊疼
當燕兒用嘴
輕輕拆掉綠色的壽衣
縫補成幼鳥的翅膀
死亡當前，如此赤裸
我們全然忘記
你只說：生活不堪一擊

我想捕捉所有的季風
但候鳥的背影，在我雙瞳
旋映出鐵黑的十字釘
難以迴避這離去
緩緩深陷，直至井底
再開鑿不出鉛墨
我聽見沉默的轟鳴

井邊，你未留痕跡
而我終於完成所有描摹
甚至不需要動筆

唱片二——反面

冬至裡的短歌

我們擁有藝術，為了讓我們不致毀於真理

——弗里德里希·威廉·尼采《權力意志》

【之一、何以解憂】

一片荒涼的野地
牛群可曾來過，如今
殘枝、烏鴉、低雲
柳樹不揚，牧歌不響

早先的問題，人們
都曾問過。什麼是美，什麼
是在乎——都不如問
我們是否值得藝術

【之二、譬如朝露】

我們是否值得擁有
假若比蝴蝶，比花朵
比露珠更輕柔
且殘破——假若

生命也從來不遵循
倫理的歸宿——而愛
純粹不過詛咒，如此
藝術，我們是否值得擁有？

【之三、但為君故】

看你一隻手橫亙在早晨
紫色的床單上，盤古也曾
這樣將手靜置荒原然後
草木、鳥鳴、世界

透過注視且將我靈魂
放入石頭，落葉，枯樹
構築一個新的世界供我想像
憐憫，勇氣，與奉獻

【之四、呦呦鹿鳴】

然後萬種青葉馳過冬野
一隻烟色的鹿，在速度
鞭打中拉長身軀，化為眼前
少年吹奏一陣薩克斯風

他幾乎聽不見自己正吹奏
何妨空寂，也是音樂的一種
無數魚類正在溪流中逆溯
縱使看不見，並不妨礙
一切，眼前，去愛——

【之五、繞樹三匝】

維他命Ｃ、外傷軟膏、消炎錠
曾扶持幼鳥的換羽，不如說
癒合中是我殘破的思想
與質疑——將靈魂

痛入萬物，成為一根根圓柱
或纖細的琴角總在暗處
支撐一首聖歌，建造
一座聖殿——哪怕將傾頹

【之六、月明星稀】

因此我不得不成為
自己的教堂，用雙手
抓入土壤，雙腳
撐起天空——倒立

如圓柱。「是的……」現在
我能回答早先的問題：
「我們擁有藝術，為了
不致毀於真理——」

唱片三——正面

哀歌

因為魔鬼總是把過於簡單的問題
放在通往孤獨的路上
——W. H. 奧登〈離奇的今天〉

第一次把頭顱伸入鏡子
懷忐忑，我且蹭一蹭
像是傾靠胸腔，聽

悶音介於清醒和暈眩
時間骨牌推，我光是張嘴
哽噎，渴望被扶擁
擺正，像把大提琴

G弦屬於洞窟；D弦踏蹄
響徹荒原；有人捧著C弦
找水喝；A弦已飛越了大海
不斷變形，抛投向空寂

無論如何鼓翼，妄想煽動我
但夜晚作為鏡子將失效漸漸
所有人將沉睡——也包括你

但睡前我悄悄告訴自己：幸福已降臨
因為我還愛你，儘管彼此並不更靠近

唱片三——反面

Adagio

【序曲】

我能聽見暴雨
前夕，海水滾紅
尤加利樹在
遙遠的風中說話

人們無情，萬物

無邪。芒花翻，紫風吹
明月高懸玉質的眉
將雨未雨的天空，觀音正在觀我

襯衫熨浸側身，外套
水氣披潤，鎖骨既薄且脆
墨綠的圍巾蟒蟒纏繞
荒野正曠達，呼吸

過於慎微。一場四重奏就要開始
曲目未知但是
我已然聽見暴雨。觀音
雖遠——在黑暗中睜眼

【第一樂章：水的奏鳴】

燈光亮起，提琴手
抬頷，正襟，弓預備

潮水淹沒了我，燈光
是難以趨近的此刻

水——充滿了記憶
對我伸出柔軟的觸器

盈握這飄逸、延展、透明
冥冥宇宙觸之不及

螢光照我，照我頰上的水漥
這撫摸溫柔，毋寧是刺痛

【第二樂章：火的變奏】

琴手在眼神中
交換過漆黑。鎳弦
在摩擦中交換火焰
一場無聲之舞

在全然的暗中，在我耳蝸的
召喚中，突破線條與輪廓

火焰——最趨近永恆的幻滅
觀看火焰的每一眼
都是無比乾渴的
最後一眼

有什麼
比這更加赤裸？

【第三樂章：土的諧謔】

這木質的共鳴腔已然
足夠高溫，連黑暗也能燒灼

灰燼塞滿，積厚
時間——無限的音符與拍點
時間——流失了記憶
分解為土壤。直到

那隻畫眉停駐於肩
以歌聲喚我

世上唯一存活的一棵
手指自土壤，再次攀上木頭

【第四樂章：風的輪旋】

尤加利樹在
遙遠的風中不再遙遠

這裡，最美的蝴蝶旋轉
如勝負未分的硬幣

風使一切全都來到。舞臺的光束
投影雖震顫、靜止但全都來到

樂曲已完足你的形體、歷史、意志
模擬你的奔跑甚至張開懷抱

水淹、土埋、火燒
如果萬物俱成你的模樣

沒有什麼不能在風中
重新來過，也沒有什麼
比我的遺憾更加荒謬

輯三

緊握的手在水中分離

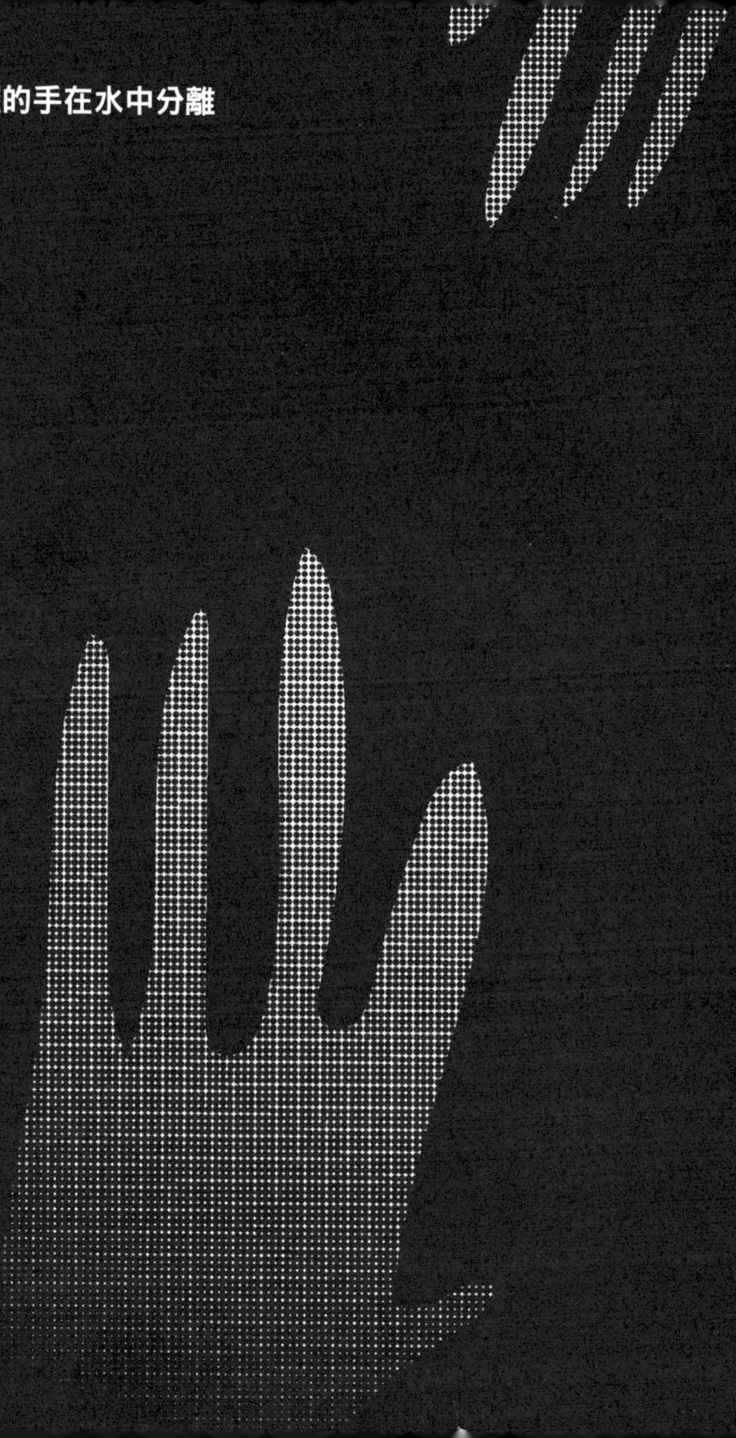

往返

山與雲，夕陽窗口
紙蓮花、紙蓮花、紙蓮花
我試圖穿越無數次窗
如果我站在那裡
那裡，你的睡姿
和未來所見同樣寧靜

你的姊姊正為你熱粥
死神握緊門鎖

時間是鎖匠，光天化日
偷竊最珍貴之物

我拚命用一隻手擋下祂的虎口
另一手，傳遞年輕呼吸

對未來所見，你沉默如常
你為何沉默如常

眼看一鍋粥在秋天裡焦黑

我站在那裡，如果
徹底失敗——
一如所有理想主義者
口號，和哭號
轟鳴在生者的防空洞
夕陽——失聲的墜落鳥
喉腔是一座懸崖
通往深淵

穀雨前夕

快雨——伴奏響起，我猜
這是春歌的最後一首了
浮萍生在黃昏，岸邊搖著一棵桑葚
人們在屋裡點燈、默讀、習字
到天明——雨時晴

答應你早晚加衣，不在大汗吹風
注意噴嚏、肩頸、脘腹間的脹痛
也答應你要漫步，釣魚，早起

早睡，微微進補並切忌過盛
——都失信沒有做到

「讓心胸灌滿風，像一頂
面朝大海的帳篷？」我只學會
窩居陋室，將蘿蔔、洋蔥
切薄直到透光，把焦糖和蘋果
丟入鍋中一起攪煮。一起攪煮前
偷塞口中先嘗一片再說

穀雨前夕的白開水裡有一股甜味那彷彿
是黑糖，你相信嗎？銀樓招牌
一窩燕巢竟未被棍子戳落

我為此差點掉淚而聽見風鈴斷線
不——那應是有人
開門走向我，指尖一串鑰匙的閃爍

對我說：「這裡沒有光，」
不是神的語言而是完全的反面
走向我，輕拍我的腿，我聽見：
「自己走。」就慌然站起
一雙躁動的腿腳向前

外頭是午夜，午夜一座
被照亮的拱橋：一把古老之弓
宛如蓄力向上，上方

——月亮已馳遠
這霧一片。趁著感官和腳步
都處於一種加速度

我要跨過，穿越
推開這道明亮不真的門
去和那些曾因憂愁
而互傷了的朋友們和解
去見大師，即便未曾望過其項背
只識得短衫、佝僂、深眼窩
他薄雲的髮，一片半融的雪
足以播穀和降雨了

這是春歌的最後一首
沒有任何來到是為了應允承諾
只有迅敏、躁動，一雙幼鹿的腿
趁著腳下的膏土傳來脈搏
你要我去穿過，去跨越
混入即將消逝的人群，抓住
虛空中的環形

坐同一班地鐵，和他們
通往霧散的夏夜

拯救企鵝

那晚在一家青旅
我們玩桌遊
錘子將冰塊蜂格敲落
一隻企鵝獨自站在中央

換你，然後換我
有時僅僅敲落一個
酒因意滿而大口
有時整片難止地鬆動

企鵝瑟瑟發抖
帶著戒慎、清醒、補償
我還能微笑微微
啜一口酒

好幾次這王國要陷落了
我們以各式
精巧偷渡戲謔
於多次瀕危拯救牠
使所有的崩裂
趨於細緻不可察覺

一隻企鵝站在我們之間

我們雙眼昏醉，一切
因模糊趨於無限美
常常我，透過回憶反覆
站到牠的視角去
觀看這世界當時種種
到底發生了什麼或許

客房黃燈瓦數我應該要知道
破爛的窗邊蜘蛛絲一定我知道
站在街燈下吸菸如果我知道
長途公車的最後一站哪怕我知道
最後冰塊多寡決定輸贏雖然

這是最不重要的事
酒杯已空，清醒足夠
如今，所有真正的記憶
我僅能從隱喻回溯
拒絕重建——觸摸崩塌

在沖繩機場一條紅圍巾飛揚
我微笑微微
你瑟瑟發抖的模樣

相冊

在巴士站，鐵柵下
我們玩捉迷藏，與強勁的冷風
周旋，它已在我們當中挑選
其中一個。並迅即消逝
彷彿未曾來過

彷彿什麼事也沒發生，我們
坐六小時的公車到水族館
大面積玻璃，看起來太容易碎

「怎麼框得住那麼多水？」我問
你沒有回答，你正壓低身姿

直接浸入那深藍色的墨水
彷彿落入一個漩渦彷彿
你就是那中心，將牠們召喚
吸引。像照片裡的人們
硬是擠進一個鏡頭

離開前，有一座鬚鯨模型
深闊的嘴，鋪著地毯般的舌
你站了進去，毫無猶豫
盯著我笑，像是在鼓勵我

像是在表達苦痛。我迅即明白
無論如何必須拍一張照
我告訴自己這很容易，盯著
顫抖的螢幕，確認過閃光
和秒數，我確信自己
沒有眨眼，沒有放過任何機會
你已迅即消逝，彷彿未曾來過

水鑑

聽說物質傾向不願改變自己
石頭更要是石頭，可是流水
不斷變成流水。而我是麻木的
難道一直麻木下去

我感到流動的時間終於遠離我
像星星的光芒離開星星
去到更遠的地方：誰的眼睛
正串聯，為了它們命名

我們曾經手牽著手跳水
翡翠谷。全身掉入無底的綠隧
四周是石頭，「再來一次。」
我們冒險，爬到流水的更高

看著彼此充滿惶惑的眼睛
穩住苔滑。跳吧，我用眼神示意
兩隻手牽在一起，冰涼先沁出骨頭
我們已在水下，兩公尺

那裡遠非天堂，也還沒到地獄
因為這湖是一面只能照出未來的鏡子
為了游到岸上，沒人確定是誰先

或許是同時，然而
我們緊握的手在水中分離

三條狗與小娟

大海那麼鎮定，小娟沒有看過
從四川坐飛機來打工，她的行李
塞滿二十六吋的火鍋底料

客人口含玉泉，舉杯花生落
我們掃起檳榔花，歌手駐唱
〈向前行〉，美好時代不請自來
抽風機自外頭運來帶灰塵的海風

壁紙有點掛不住了，海面一角
正顫顫剝落。我們掩口

偷偷笑——小時候妳也曾被狗咬
小灰，半個月大，其實
也沒咬到，妳說，但鄰居伯伯

執意埋了牠，用鋤頭。而大灰
曾掛著牠的樹大約還沒砍掉，不知
死於誰的老鼠藥，奶奶勅令妳

邊哭邊剝皮，切塊扔湯裡。
最後是老黑，總是搖尾隨妳菜園去

回來，說回來，妳說了
也不會回來。歡心總讓妳最傷心

捉蛇、捕魚、雙腳踏進泥巴地
青春怎樣殘酷，嫁妳來異地
但看——她說：雞蛋花開了

明年冬天落盡我就要回去。
我也曾遙遙望見那電機車的背影
單薄鮮豔的背心，像一隻暴風中的蝴蝶

浣熊先生的假期

她等浣熊下班
在即期品店
光亮——擁擠
她等，且逛

半個鐘頭後
鐵門將捲回黑暗，他們
確保貨物層層堆到
崩塌前的最高

招牌急急熄滅，然後
耳機線纏繞上褲間
蹦蹦跳跳濱崎步
浣熊牽她回家

行過電纜構成的鳥居
穿小巷，登樓梯
扶手嫣紅似乎永不掉色
一座面對夕陽的公寓

精緻的套房，電子門鎖
新漆的牆上貼有壁紙
——紅瓦、白磚、馬蹄窗

地中海揮霍的天藍

然後眼鏡褪下模糊，頭帶
垂落黑髮。而呼吸
起伏：胸膛鼓盪的細浪
耳朵靠近她聽，她一一揭開謎底

等電暖爐的紅光
燒燙床墊
等走廊外遙遙傳來
依稀風雷

無論她感覺那相距

再再遙遠。浣熊頸上的鍊墜
垂落眼際並顫動如一顆六等星
與她體內的潮汐堪堪對頻

結束後他們看一整夜的蠟筆小新
電暖爐依舊衡溫，柔和，平靜
失落了傲慢，脾氣不再
承諾夠了。滿櫃也只有

吃不完的點心、鋁箔包
即溶咖啡、寶亨九號
種類不算豐富，價格
廉價清明，但完全足以

讓她忘掉偉大的愛情
夏日以來燒灼的風雨在此刻
凝縮半根菸上一點盈盈
晦澀的灰燼（如宙斯掌中的閃電）

只消指尖撣落。離去前
浣熊請她聽過一首
未完成的作曲：節拍
雖紊亂，和弦枯寡之外

結構空洞幾近混沌都暫且不提
那是她聽過最好的電子樂
一條快速遂道白噪音：穿過了

依稀的雷聲，潮汐
劈分——帶她出埃及
一顆心荒原初開
贈予她絕望的秩序
往她不滿的體內抄寫聖經

風暴潤濕了西北臺地的
今夜——霓虹燈柱彎折於
高壓的黑暗。所有倒影
漸漸流向一個出口

黎明——漩渦

萬華行

兒渺然不知所往。既而得其屍於井，因而化怒為悲，搶呼欲絕。夫妻向隅，茅舍無煙……成顧蟋蟀籠虛，則氣斷聲吞，亦不復以兒為念。——蒲松齡〈促織〉

蟋蟀瘋狂地踩著縫紉機。——托馬斯．特朗斯特羅默〈波羅的海〉

不做太陽，不做月亮，當然
也不做律師或醫生，難道要我

待著，安靜，做一層灰嗎
只在暗中燃燒，不免感到一股屈沉
掉在大街上，羞於撿起來繼續抽

天空降下靄靄的保麗龍，有個小孩
在陽台上搓呀搓，媽媽從後面逮住他
三個巴掌，啊啊啊——真想和他說
別哭我也一樣，沒見過真的雪

僅有的世界正從低解析的螢幕中顯色
快速到模糊。「這裡是哪？」他湊過來問
我正在雪地中疾駛，菸捻熄，懶得理他：
《極限競速：地平線4》，機台只有一個

要玩去後面排——

石頭震動玻璃，光絲穿梭針葉林
縱然知道電子位元在屏幕後縫製著一切
但一心無線的風箏已在虛構的天空中放飛
這賽道，這風，我的香料，我的群島

除此之外什麼也沒有，一雙空空的手
緊握磨爛了的方向盤，腳下油門放緩
金殿上正融雪，山峰外轉著漩渦
想及這美景既是環狀，還不能回頭
好笑地感到悲傷——

下了機台看到他，亞麻色頭髮的小孩
那麼小，坐進偌大的艙，哆
哆哆哆哆，剩下的五十塊全借給他
我說跑啊，怎麼不跑？但油門太遠
他的小短腿怎麼踩也搆不著

畫面在他睜大的瞳孔上加速
氣象翻旋的兩顆星球，雲朵正散開
像墨彩滴入水中，那雙孤獨的眼從此
有神——直到我收腳停下油門

抱他起來，再從空中降下
他就這樣跟著我一路穿越萬華

轎車貨車大卡車，草草晃過主幹道
他就這樣賦予我一股實感
充盈我的本體，彷彿我才是投影

經過水果攤，鹹酥雞，公車站牌旁
吳宗憲永不疲倦，笑得跟鬼一樣
眼看一輛foodpanda騎往宇宙的盡頭
萬華卻是一口無底的井，我們跳啊跳啊
跳跳糖，轉啊轉啊沙威瑪，不敢回家

故事也能結束在這，但我已牽起了
那小手。怎樣小的手
會有這樣痛苦的心靈？應該問

怎樣痛苦的心靈
會有這樣小的手？——真想和他說
別怕我也一樣，沒見過真的家

他住在頂樓加蓋的雅房——獻給我所有的詩歌夥伴

坐上公園長椅。店內的烘衣機
如ＣＤ旋轉白噪音，在溫暖
複雜的空氣中對位，沒有主題

一七年，他搬入這頂樓加蓋的
雅房——冷氣機漏水，通風
不良，但有鐵欄加覆的窗
我認識他，比我年長幾歲

在台北求學，和生父疏離而母親
不算討厭——詩歌長年收養他

他說，他永遠在夢見一首永遠
抵達不了的詩，一邊構思
他載我到投幣式洗衣店

思考在油門中加速，彷彿一種替代
或還原，彷彿他打定主意
要撞死在分隔島上

從後座，我隔著狂風暴雨問他
值得嗎。他說值得啊，人生
才不值得。我吼，一疊髒衣服值得嗎？

他問我這首詩好不好，寫了好久
結構不全但是——又問那首呢
修改幾次，始終不滿意，還是……

還是這樣一個人，看著天空愛恨交加
這飛燕環繞的城市，才華是他
最不需要的。我讀出詩中豐沛的愛

聰慧，與幻滅何嘗不可——感到被說服
我推回那些詩稿，下定論：讚賞
或批評你不要管——先好好活下去

離開公園長椅，我目送他
懷抱一疊乾衣，一把傘撐開空域

但雨中有雨，街道的深處還有迷宮
幾隻燕子從水窪飛入令他毫無防備的天空

雨越下越大，他默背起宮澤賢治
經過租片店玻璃貼著永久停業
捧著香爽的衣服，他尋思怎麼辦

怎麼辦一個便宜的Netflix，這紓困的手段
無窮的畫面與聲音，贊助他情緒
關燈、躺平、放映，黑暗中眼淚都是彩色

他想到西藏或蒙古去旅行，去亡命
去流真正的淚，目睹世界的毀滅與肇興

去他媽的好好活一次否則求死

雨水漸止於深夜，他換上新洗的衣服登樓頂
星空與阿斯匹靈正發揮著古老的效力
鐵皮層層圍困的世界——這是樓頂

意識在地平線上越野，溪流直奔大海
遠遠沒有盡頭，因為太平洋的底部有座排水孔
急流向下鑽入另一個世界，一道想像的漩渦

在亞熱帶的空氣中對位，如CD回放一場
暴風雪——烘衣機的玻璃圓窗裡
幾張遺留的詩稿正空轉，形成主題

日常提問

詩人難道都是盲眼的嗎

坐對一架鋼琴
窗外一眼不看
便問：石頭是什麼
森林中的鹿又是什麼
而樹，像座巴別塔
沒有入口

彷彿失去艱澀，就不算生活
石頭，龜裂，藏經閣
鹿蹄複沓著甲骨文
而琴鍵，敲鎚的單音
多像樹皮的面色
與今日延長的枝椏
在葉面上有譜

但爺爺，給我簡單地說說

今日是什麼
早晨出門時的陽光
對你而言，是駛出隧道時

那種直截的白嗎
春天和胰島素
是不是同個顏色

您說夕陽，是不是比黎明更閃

話筒那頭
日常的淡慢中
您的嗓音，是否
像牆上的分針
調皮地，走快了
半個刻度

詩人應該是，瞪大著眼的嗎？

幾站捷運

穿越小南門、西門、北門
都城邊際，我如一尾勞燕打轉
趕赴著回家的季節風。夜越深
支撐著它的拱型越是堅不可摧
就像捷運的環形。這裡擠滿了
下班人潮、體育生、逛完街的婦人

我在五號車廂遇見布羅茨基
白髮、金屬鏡框、禿頂，和黑白照片上

一模一樣。按規例，他戴著口罩
綠色，最便宜的那種，不得不說

很適合他。就和我臉上的一樣
就和宿命一樣，或許我才感到氣喘

但這不要緊。我該怎麼向他搭話？
您好，您讀托爾斯泰嗎——作為試探？

或者直截一點：先生，這裡

是未來。比您想像中的更加危險

同時幸福。因為我熟讀您的作品。不如說
因為您曾誕生於世，我很榮幸，我——

這太激昂、古怪，顯得不討喜而阿諛？
我於焉陷入了波折的沉默。窗外光影

均勻切分過他嚴峻的臉龐，且不時
隔空望向我，就像是注視

一座擺鐘。濕滑的把手我顫顫捏握
中山站轉淡水線，山水交逢處人流如瀑

滿車正向外，向手扶梯傾瀉。我被沖撞
推擠，最終淪為江河聲浪裡一粒小石

我很後悔。我的想像力甚至不足以
聽見他以俄語回答我，或看見

半空中他鑿刻的思想，哪怕未能將口罩卸下
但我確信那是他本人，在二〇二〇年十月

某個夜晚，剎那間空盪無人的捷運車廂
悶熱、緊迫，他的眼神能使露水在天亮前凝結
黑夜嚴實密封了車廂，而河流運走了這棺槨

河流夜夜盜印著星星，而我儼然錯過了布羅茨基
乘坐著末班捷運，他通往了
修復之旅，在某個黑暗的場域
我們沒有道別，因此我篤信還有相遇
正如我篤信科技、歷史或宿命。正如捷運的環形

坐上公園長椅

坐上公園長椅
我讓自己
傾靠入淺景
沒有深度
人人可以打撈
當雲隙投落一束光
這世界的教堂

有人停車、開窗

有人樹下撒米
麻雀飛繞忍冬的枝幹
如一朵生滅的花
但是什麼阻隔了我的指尖
和這朵花的距離
不是空間，不是時間

伸張我的手
小小、皺皺的手
因曝晒、勞動而黃褐
指縫不寬大，即便如此
也曾緊扣過另一雙
更細、更小，多疤痕的手

無論是什麼阻隔了之間
或許之後

我已提早面對死亡
讓所珍視的人
失望
我也正在學習生活
堂堂去哭
而不對苦難或愛絲毫驚訝

每當想起昨天的自己
忍不住望向頭頂
一次一次，哪怕是

沒有星子的黑夜
如果看得夠深，夠遠
或許移動的光點？

執著越渙散
我已選擇消逝
放棄萬物：我曾指認出的象徵
——失去
給了我全部
世界在黑暗中確鑿了存在的體積
包括我自己

讓才華

落盡白髮
淚流清明雙眼
讓花
和遙遠的星
相碰指尖

讓宇宙成為一種感覺
因眨眼而生滅

永和

暮色俯臥下來
像一頭獅子
步向麻醉
我想起他的名字

一整天，極目所看
沒有永恆的東西
波紋、鑰匙、變體詩——太陽
終將燒壞，只是較大的燈泡

夜晚，我行過街巷
一隻貓正舔著自己的影子
影子是貼近於永恆的，但只在
貓逃開前的一瞬

一棵樹，姿態向上
托住天空，而枝條顫動
枯葉滿地而風聲昂烈
……我想起他的姓

同時也是我的。我從未
唸過一首詩給他聽
會後悔嗎？或許

未必。他屬於另一種永恆

譬如重覆，雲或林木
日常中的針法
輕輕抖擻，便能整飭錯誤
在這巨織的夜

修補遠方之人的神經

我藉此想像他的身影
窗台邊踱步如梭。與其說
他孤獨——不如說
有人正思念他

輯四

一物縫合一物

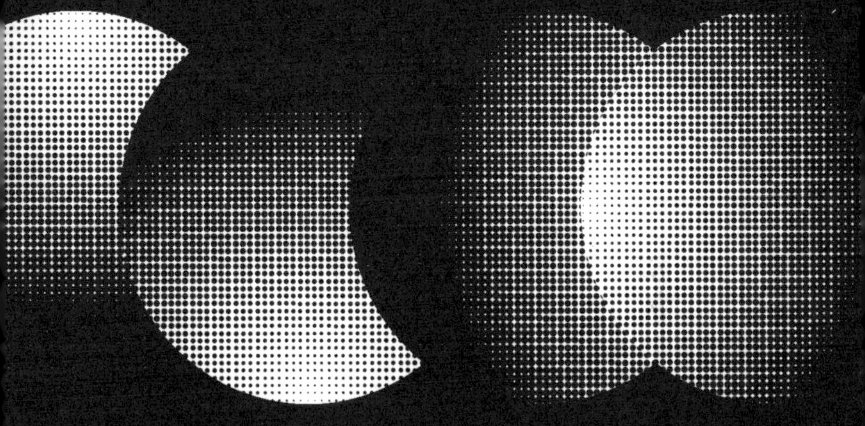

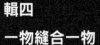

金屬困轉時間

我們經過的日子都在你震怒之下，我們度盡的年歲好像一聲
歎息。
——《詩篇90：9》

金屬困轉時間，我
是否壞了，像隻破懷錶
在夜晚，在你慢跑的
口袋裡晃動，你因遺忘

偶爾看一眼這模糊
反光的鏡面——神啊，我
有點瞎。撥開分針
撥弄草葉我的亂髮
撥動這轉速趨於無限
慢的齒輪——太陽
在哪，時間在哪

而我躲在陰影的震顫
在一根頭髮的殘存
在鳥的喉嚨裡我堅信
地窖裡容或有光

像一個人從爆炸過後震碎的
教堂彩色玻璃千百碎片中
撿起了第一片
不是基於清掃的目的
只因為有光

奧古斯特，你看不到我
繃緊肩膀喝湯我
痙攣如銅像我
嚥下火，咳出羽毛，我

看見一條黑狗
竄身遊覽大巴保險桿下

那眼神沒有驚奇
亦不渾濁。因為誰無形的手
隨風撫過牠的頭
躺於世上最鬆軟的一片影子
天地多眷愛牠不假外求

震怒過，也祈禱夠了
奧古斯特，曾經我
不曉得任何事物。此後
我不曉得任何事物
皆可如此

未竟之歌

每場夢都是時空的分裂
我經歷了新的亂世，或許
並不——僅僅是重覆
歷史是悄然的孤雌
是我繁殖的夢

修剪荏苒，裝瓶蟬鳴
穿過槐樹林我熟悉
那時人鬼無殊途

蒼天尚未塌落大地
雙子座還沒接管世界

那時我仍保有
我可愛的南朝即便衰弱
尚能衣袖舞墨，放達
坐臥這傾頹的世界某種
浪漫主義即便太可悲

但那時百廢仍能待興
何況我夜夜日記以簡筆
「隔斷南北，豈能飛渡？」
我化身燭影的亡妻，在陰

在陽，在交界俯身探我以光明卻是
某種虛幻吧。肉身的香巴拉，葬送的
福音書，落魄的幸福主義。跳舞吧亡妻
深埋了種子，抽長呀博弈樹
無限的未來若盛開——在風中
傳播，擴散，斷續飛升高八度

撩亂陣陣琴響——才發現
穿透弦後方那雙
魔鬼之手——全然沒有
撥奏出半個音
——祂緊緊抓住我的神經

歷史收筆，畫卷斂起，我被定幀
於琺瑯霽青黑瓷金釉轉心瓶
深深的釜底洄漩一游魚
溯往槐樹林我飲泣
割斷荏苒，絕響蟬鳴

這是全新的末代
也未曾想過歷史已報銷了這麼多
這麼多這麼多這麼多這麼多的
我們
夢醒了——或許沒有

芒種

因為這是芒種

雪落在山頂——銀針
飽滿痛苦之光的機鋒
若聰慧是你的預謀，莫非
悲傷也是？如何你睡

睡在這預謀的雪峰
任憑洋流迂迴而週轉

拂過你的側臉引起蕩然
你如何睡？當一些語言在冰釋

是在桑葚掉落的日子，突然
沒什麼可說，沒什麼
不能鬆開——否則緊握
一顆仍然的心如寓言搏動

聽說虋虋的冬青是來春
最美好的預言——這元素
勝於雄辯，邀請你
張耳，趁大地震撼前

聽見鳳凰的低鳴：風聲之大荒
入海的黃昏——落地前夕
高懸於安然的火化——和平
沒有大師，甚至苦痛

也沒有。「人子啊，因為
你誕生於世，因為一切都是
最好的選擇。」無效的
答案。假若誕生可以選擇

告訴我，什麼是生命

變形記

人如何能逃脫那永無止息者的注意？

——赫拉克利特〈殘篇・十六〉

試探著自己的靈魂，像但丁
秉燭於胸，我一心走入
思想中，林木擴展的教區
此刻虛假的陽光已落盡

白天裡的一切畢竟只是
太陽降下幻燈，重重在投影
過路人，那過於細長的靈魂
復燃了瀝青，著陸於煉獄

但星星——此刻在碗底剔透
使我荒渴、清醒不免
發問：如果紙能經受一切（包括
時間）告訴我——赫拉克利特

所謂「永無止息者」
是否一個念頭，長久以來
追趕我的難道不是時間

而是一個念頭——當浪聲
翻頁，覆滅於高低
重疊——螢火蟲群的光芒
正受力於天上月的搖晃
睜眼時安靜，閉眼時亮

心中的燭火以相同頻率
這閃爍的筆尖——赫拉克利特
你將我刺醒，於兩千年前
抬頭看見同一片猛綠
流動的訊號，明滅的迴路

一物自古如是摔碎成為
萬物，復又在燃燒的
念頭中化為一物

螢火蟲群的光芒
正斷絕於遼闊的森林
博學如你，也不可能窮盡的
那念頭——「永無止息者」

如一個博愛的人，或者暴君
此刻，暫時遺忘了我
向林外飛去，像一道語言
寫入星空——致兩千年後

鏡中鳥

如替滿水的毛巾，擰擠出
多餘的水分，然後
便成為一張合格的畫布
「停止再寫這樣的詩了。」

她對我說，將毛巾遞給我
灰黃的，攤開於我面前
一片將熄的暮色，溫暖的
背景。適合畫上一隻

歸返的大雁。或者離家
牠甫自柔軟的草皮上
抬起頭，牠有閃電的直覺
身上反射著四百種銀色，隨著

每一下撲翅而改變，每一下
都重新擦拭了我的面容
微調、上色、收斂。畫布中央
天空因此，而擴開漣漪

我舉起這畫面，小心翼翼地
拿到窗前，讓外頭的光
憑空浸透它，讓它與窗框

合而為一。不知何時
我的雁啊，已飛得很遠
成為一個再也捕捉不到的點

小銀海映像管

睜大眼睛，胸懷天明
——羅智成〈荀子〉

讓我們把船首的女神像卸下，這痛苦的
先知，捆縛在木頭中奮力動彈
不得而知乃是洶湧的浪
正協力沖散
她反覆睜開的視野，看見我們

將她卸下，步行三公里以西
立於小丘上觀測氣候，視線向海拋去
與鳥飛絶：打開世界乃一座映像管
我們將划船進取，我們
去見企鵝，隨攜針織的毛衣

豈能以經緯的黼黻去測量
世界？世界乃在鯨魚的脇腹下穿梭
鋪張，在陌生的南半球牠們洄游
一年一次，一生來回五十（聽說
其長度足以直抵月球）
如果我們有這樣的耐心——
一往而深，不為所計，往往

只要這樣而已——穩定推送木筏
髖下是堅實的龍骨，繼而看見
月亮越大越靠近

雪白的地形，耐心爬梳過崎嶇
乘著歡快我們分享旅程中最後一顆橘子
吐出透亮的籽。據說，這裡的冰
共有七十種，瀏覽百科全書
我們逐一比對，小心
小小嘗一口——在這裡
即便是壞天氣，海豚能透過霧的接駁
溯向烏雲（成群的企鵝將穿上毛衣
登頂小冰山，向遠親招呼

不亦樂乎以嘴鼻相擊）

夏天來臨時，我們吃著剛烤好的
綿脆的冰，看著陽光的纖體
將一物縫合一物：繁複，透明，耐心
不可拆散，不可萬物的毛玻璃
是什麼編織了你明亮的睫毛是什麼
拆散了蝴蝶的羽翼？是什麼
不知道是什麼在遠方等你

有一種情感在遠方等你
不能說是煩惱，不能說不擔心
在藍星進出的月球港，儘管

心的缺口，向外坦露無數條小徑
沿著小徑，我們的視線焦躁
向海拋去——宇宙
乃一座映像管打開風景

你讓我不要過分在意焦慮，因為快樂
與焦慮也能縫紉出幸福，按照陽光
亙古的定理：化解敵色和友色
繁複，透明，耐心
雪融以後我們將划船進取
冰山的缺口開放無數條小徑
「睜大眼睛？」「胸懷天明。」
何況，你說

你也喜歡Discovery

輯五

通往音源

湖面動靜

我看見漣漪
正在眨眼，一場
攝影：捕捉著永恆
飛鳥調度鏡頭
魚翻滾，藍色動詞

水面停止說話，我的遐想
被允許了嗎此時
——此刻，遐想的輪廓

浮現於瞳孔鏡面

但夜，但黑蚊蟲
迅疾降了下來
如一張紙，一些標點
僅剩的光影
實實打印在空間之書上
我小心翻閱波紋
偷渡彼岸
到文字的史前

語言是牢籠，我是
籠中之鳥

失去了春天
失去了露
與雷電

詩是天空
我不寫
我要安靜如麻雀

昨天與今天——記最後一名卑南人

昨天是一名日本人，工裝軍綠
來到這裡，在空襲砲彈巨響壟罩下

昨天是釋迦園，過度開墾
或雨水蛀蝕的關係而袒露一片

昨天是自來水管線工程，荒蕪的
緩緩剝落土塊下，終於看見

今天——散放且兀自完整的遺存
陶瓦如剛剛摔碎，是你

正從卑南溪走回來的你
要埋葬你的史前

腿上水漬風乾，一隻蚊子
剛剛吸飽血，遲鈍起飛

你從土台區走回家屋區
忽略基準點與縱橫的輔助線

信步來到我面前，疲憊坐下

琢磨於玉的閃光一整天

崩鋸、鑽孔、旋截和拋光
你熟練，正如你被迫熟練於埋葬

埋葬完族人、愛人，最後是自己
你把夕陽帶進（直到）

石板棺中（我們撬開）
平放一對玉玦（黎明）

今天是板岩上的蛇紋曝光
抽身游進亙古的綠浪

今天是忽然縫隙沙土填滿
林投葉風中張揚

今天是文化層上乃自然層上乃新都城
水泥包覆鋼筋包覆建地包覆你

今天是走過一名少年，蚊子飛落間
他看見——千年前的閃光

綻放在耳朵位置：破損的環形
只有你知道為什麼

朝向都蘭山，月形石柱和脛骨

只有你知道為什麼

矛鏃、石瑗、網墜和板岩片
燒灼的土塊棄置地面

只有你知道為什麼

烈日晒乾了大地、禱告和血
這尚未癒合（也永遠不會）的史前

——陶瓦剛剛摔破的昨天

昨天是後不見來者，只有

侵蝕的雨水

——滂沱如淚。只有你知道為什麼

阿里山：二〇一八

在這，阿里山允許
所有的步行

坐上三號火車
我靜如一捆杉木

苗於民國八十八年
樹齡十九歲又十一個月

父親指認一棵柳杉的出生
早於我五十年

相較於山
仍舊太稚嫩

樹影中，時間躲了起來
石頭失去生命

世界原始的敵意，風景
正強烈否定我

我成為自己的陌生人

被一顆石頭絆倒

跌進樹洞，那黑暗
將我送出一座井

面臨一座潭
蜻蜓啟動了水面

藉光的布置
潭水網住了樹影

樹上，蜘蛛蜷起身子
順從風的撫摸

根莖融入了石頭
埋藏脈搏

枝頭，數朵紅焰垂掛
初冬裡燃燒

葉緣有三點水，我盯見
無限個詞彙在成形

山不說話，山容納
打開一切悖反

眼前，一座拱形的枯木

要我低頭，讓它通過
抬頭，樹木的間隙
圈出一座湛藍湖
飛鳥在高空的湖面上
滑翔如一隻水黽
時間回來了
出口處，那夕陽
傾斜了鐵軌
加速回程

我將意義忘在山裡
忘在扁皺的草上
草彈起的瞬間
我想及了永恆
留下意義
我開始了步行

阿里山：二〇一九

上山的路
螺旋狀

圓心——
在最遠離心的高地
要沿著風的圓規
畫出一圈，再一圈

不斷縮小的
一微點
才能鑽入
——綠靜脈
當溪水與瀑聲
催動迷霧，自內部
滿溢出山
於焉方向的概念
被解構為直覺

於焉抬頭

便有了鹿。於焉
山不在此地

的此時
山無處不在

正如那些盤根錯節的
巨獸遺骸

牠們身上
滿布冰涼的青苔

由九百年的火
燒成翡翠

無法環抱牠們
不是因為周圍的柵欄

嚴禁觸摸的告示。而是
知道胸口過於狹窄

這不對等的擁抱
如一道磚牆，一片海

使人想起一些

再無法參透的天使臉孔

下山時，夜霧追趕
眼前，一條路
緊盯著機車遠照燈
不斷挖掘新增的光源

黑暗是一陣土石
分秒鬆動

遠方，搖晃的岸
那是深淵盡頭

或許，新的深淵
在這下坡路段

一股緊貼的重量
在我們的胸口印壓

「彼此」——這個詞彙
從未如此迫近

當遠鎮的星火成河
奔進我們的視野

這無限漆黑的獸
就要燎燒到尾

浮世——與家弟散步於七星潭

趨於更深，更澀的湛藍
拍進岩層後浪淘盡
溶褪了顏色，青黃略顯
那岸上的少年低頭走路
步伐斷續不接
時而垂聽於光的鍵落
時或止望那些腳印
對於活著來說，夠近
對死亡而言卻已太遠

我低頭走路——

踏過碎貝殼，綠玻璃，和鏽石
敗於何種燦爛，光輝的遺棄
在一天的結尾裡，在苦浪的
嗚咽裡，參雜著焦雷
破鼓的波面
揚高一瞬——迅而塌盡
危城如四月，城牆已霧崩
岸上我尋找著通往音源的捷徑
當遠方滔滔不絕，以為邊疆很遠

懸崖已退到腳邊——

腳邊是一架單車踏爛了再不能騎
一整天，龍頭望海於傾斜的太平
直到星星從宇宙的口袋裡掉出
我要送信的人在海一方
但這人是虛構的假想的如我的詩
滿紙焦慮，荒蕪，搪塞的心意亦未可知
浪，混淆了海的距離
謊言反覆觸碰著腳踝
卵石發涼而潮水戰慄的體內

一場暴虐的雨正逆時收束——

彷彿重新體驗傷害前夕一個

匆忙，而毫無交心的擁抱
眼看雲雨，輕易壟斷了上空
以氣流以紊亂，在脆弱的頸項
重新繫上一條送別的圍巾
知道到手的愛是雪質的信物
忍痛把握皆成融水流向了大海
卻不知道背後多少人正深愛著我
一把瘦弱的傘在身後撐起

風一吹，如危崖花開——

石梯坪——尾隨父母步行於黃昏

棕櫚樹在風中
我聽見
傾瀉的沙漏

窩身五角形的木屋
我和他們搭建同一頂帳篷
雙手插腰看
海，輕拍肩線

白花鑲金
世界太平
寬闊，不需要門
也沒有任何可供穿過之處
需要上鎖

我們以汗水澆灌沙地
水泥縫，鬼針花
沿著邊際生長，如白布
綿綿直到秋天
伸出了風的剪刀
截斷了視線，沙灘上

我反覆睜開眼睛
試圖定格光影
——孩子般的他們
在沙灘上追逐

回帳篷的路上
他們的背影尾隨夕陽
石梯一階一階向下
不斷抹拭著眼角，我快步
趕上他們的步伐，我聽見
棕櫚葉墜落的剎那
正如同在長大的途中

他們擔心我那樣
走得太快
因此害怕對方
忘記了回頭

陪永和看電視

晚餐飯後，八點鐘
永和按按鈕：歡迎回到
「台灣大搜索」，一九九二年
民國八十一，麥當勞被爆破

睜開烏鶇的眼不安的記憶他的手，顫顫指

茶罐自製水銀彈，勒索
金額六百萬，「幹你娘咧。」

永和鼻孔生煙：這種的
不要學，還有吸毒（他斥責
兼告誡）突然音響大作砰，砰，砰

防爆隊楊警員，手掌齊根
沒有了。氣胸
還有咳血。他值班
他堅持今天是他

（小隊長：救護車快一點啊救護車！）

指紋追索十萬枚，凶手今年

二十九。女友羅莎坐船來打工
一個月一次跨洋電話，哭訴菲律賓老家
永遠存不到的結婚基金

（楊警員也有女友，都說他高壯帥氣常害羞）

雷同的爆炸聲，也曾在你我的血脈中洶湧
我請永和按按鈕，時間回到
煤礦坑一九四九：那人忙完心裡想
炸彈引線似乎沒接上？

未覺前一個同事早將起爆鈕按下

他沒多想（音效緊湊）遂接上
無人的礦坑（一聲砰），「那人就是
你阿祖。」「撫恤金？」「當然嘛有。」
隔一年是（算了算），光復後

折合新台幣柒拾摳

坐上破機車，永和載我回家
「有蝦咪辦法，那就是他的命，」
我遞給他安全帽（Hello Kitty）
他萌萌地戴上，指指頭頂：

「娘仔咧，比這個都還便宜。」

窗：在龜山島

「現在，我們展開一場微型的逃亡」

遠方島嶼浮現過，在中學
地理課本上，多少石塊尚未碎落
海與天空鮮豔印刷，我曾動筆
補畫拙拙四隻腳。現在

風正往我面容塗寫結晶
船艇拖曳著藍綠

浪尾陣陣激擺直到層次
漸緩。現在

牠從未游得如此近，如此
強勁：隧道直推岸炮口，當我
與同行的聲響，與滴水、塵埃
與漫長的時間交疊於耳際

這幽微時刻，我們的走動
與曾經炮兵的腳印偶然同步
共鳴一致就連沉默
遙遙也構成互文的一種

現在，隧道盡頭正顫動
如陣陣的浪尾。當陰影在背
推擠我們向烈日割據的世界
無處可去，當所有方向都是出海口
「現在，我們展開一場微型的逃亡」

輯六

游牧的爵士

靈感

不屬於任何一個人，你可知道
第一個為星星取名的人
是如何目睹這枯木上的雷擊？
初生嬰兒的眼裡經常
浮現這一閃而逝的光沫
有時，也在鐮刀上反射

在往生者的瞳孔上確鑿

靈感——這東西
難道只屬於苦難

我曾見過一名清潔工人
在吊臺上，刷洗高樓玻璃
轉頭墜入下午的橘天空

巷子口的貓從牆縫中探頭
下一秒出現在巷尾
蹲靠我手掌的陰翳下

鐵軌的鈍聲循環顫抖
牢牢釘住耳朵，我聽見
一萬個鬼魂在哭笑
包括我的愛人

靈感有時會問我
一些困頓艱澀的問題
最好的回答是：我不知道
因為我無法更困惑

每日動態：二〇一九——港警攻陷理大前夕

（空白輸入框：在想些什麼？）

我的拇指在這電子小板上，每日寫一部
後結構主義式的非虛構作品，一頁滑過一頁
它們延異，如菌類繁殖般延異
令人倍感無力，似乎能永遠持續
從第一個人的死訊，滑翔到最後一個
我素描他們像是在玻璃上擰開灰塵的弧形
沒有過多線條與色料，模糊間浮現了

玻璃上的迷宮，曲折那麼透明
預示了他們追尋的面容

（廣告：粉底一日下殺超低價！）

將崩塌。必須再次構築語境：時序是
今晚十點整。他們攤開顫抖的掌心
他們走向四面八方，趕赴同一場行動
時序——歷史遞來一把無盡的沙
讓我們編麻繩，一條盤結的蛇
脫掌而出那晚迅雷的形狀
多年前夏夜，當最後一隻蝴蝶也開始
燒起翅膀，全城的荷花鈴鐺般響

他們在火焰中遺忘——囁嚅：年少輕狂……
多年後，佇立鎮暴部隊前，終於想起
他們也曾來過此地，一雙明目哪怕大霧
慌忙追問：接下來去哪？

（GIF：去遊行！天安門廣場，這是我的職責）

金屬鏡框、白襯衫、騎自行車的年輕人
年紀和我差不多大，輪軸在腳下轉動
帶他通往消失的街衢。那是我第一百次
也是最後一次見到他。我猶疑的拇指
只能在左下角擰一張嚴肅的哭臉
緊皺如指紋一枚，這哭臉還未將他看清

歷史已駕著黎明鐵騎輾壓而過
一個持蠟燭的小孩直直奔入黑暗裡
那裡有地下道、酒窖，和避難所
互通的支流匯往了黑暗更包容

（#央视快讯【香港暴徒向警察投掷汽油弹】）

競選標語、迷因梗圖、文學講座
世上唯一懂得純真的人
和兩千名無頭騎士都死在了二〇一九
消防員嗆傷、音波炮、倒退的裝甲車
La Liberté guidant le peuple烙在烽煙夜幕上
因為沒有配備無死角的雙眼或擴音式嘴巴

我虛弱的拇指在這電子小板上，每日寫一部
後結構主義式的非虛構作品，一頁
將滑過今夜——蝴蝶甫自灰燼中起飛
飛閱過戰地，定幀於砲管上的今夜
拇指已將玻璃磨得鋥亮，開放一條隧道
通往漆黑——不僅我看見，所有亡魂也看見
關機的黑螢幕上，無數張面孔正疊加……

（本次活動：百萬名人類有興趣或將參加）

二〇二一年四月七日

大夜已君臨，
我且將書一放，
城中的浮薄與喧囂又起——
有人咳嗽，或哭喊或詛咒。
——亞當．扎加耶夫斯基〈讀米沃什〉

這是歷史上眾多重複
詩歌死亡的一天

這是較幸運的一天，這是一班
較幸運的列車，一七七次自強號：

「禿頭的男人正在玩Candy Crush
小學教師正備課：分數乘法
她心想如何解釋這情境題，以生動
活潑的方式寫在黑板上，配合口述
一對大學情侶從志學上車
她們要到頭城去旅遊，她們
將座位間的扶手往上抬高一些
這樣就可以靠彼此近一點點
而另有一些被深愛的人們
默無聲息，昏昏欲睡戴著口罩」

「請列車上的乘客們保持安全社交距離。」
列車長握著麥克風，聲音近似機器
太平洋正閃爍
即將進入隧道，一名文學院的學生
闔上《詩選集：扎加耶夫斯基》
看著眼前的景象再尋常不過
車玻璃上，黑暗正第五百次速寫他的側臉
他正動筆寫下的詩句將永遠抗拒完成
因為這是一次誤點，渡向永恆
如果詩歌能夠背叛死：

「數不盡的人們在車站集結
集結失魂的雙眼在月臺等候

等候他們所愛之人重新出現
出現」

但火車快要駛出隧道了
一片白光襲來
只有這時候生命是真實的
像一張過曝的照片

誰在最後記住了他們？
進入隧道的一刻
黑暗也曾在玻璃上速寫他們的臉
那毫不遲疑的筆力
這是最後一次

這是詩歌之死，語言什麼也無法記錄
只有黑暗可以複述自己
黑暗的卵生正允為無限

我以為我會死但是我沒有
現在我將穿過同一片繼承的黑夜

未完成的晚禱

雲：解放的骨骸
我活在一個飄浮於垂絕的帝國
考古它的暴力史

一個花蓮人坐上礁石
將第七艦隊一艘艘釣起
扔進塑膠水桶

細菌，飢餓，防風林

蘑菇裡，你聽
死者持續生長的聲音

一顆煤炭積蓄著，啊，請聽
眾多木頭崩裂之一瞬
萬物之下，轟隆不止的驚惶

水母：故障的天使
熾熱到透明
未能想起自己

太陽也燒著烏雲，頭頂上
一小片瓷器的開裂

善良的青藍色

是上帝敲著我們的頭頂
像敲一顆蛋
判斷它是否壞掉

菅芒艱難地伸出手
扯著無形的繩索
天地如鐘如果你真的在聽
張開雙臂如一張風箏或錨
聽見星星沉入湖底

「太深了。」並囁嚅地回到水面
它們不要這種自由

還有火焰，從金爐織出濃煙
天光投落成繁複的影
聽，時間蛻之不盡的皮

聽見萬物的韻律：受刑者的呼吸

到處都是十字
提琴手，避雷針，我的手
與你的，一生之中

多麼短暫地交握

任憑孩子
掙脫氣球
游向天空

墓園裡，一串蝴蝶撞擊墳塚

撞擊
彷彿鑰匙
找不到鎖孔

大夜與盲蛛

——取鏡楊牧〈有人問我公理和正義的問題〉窗外的倒吊者

一隻放線的盲蛛
在時空中摸索，定位，杳然
這冷靜的革命份子
臨窗擺盪，強忍著遺忘

世界在碎形中逆時倒轉
人們步在無限後撤的街衢
水果變白，落葉接枝，而銅彈
縮回它懦弱的暗管

眨眨眼，有人退回花園小藤椅
思量空氣，換手過針線
我能網住一些什麼？盤算他身體
盤算，想一顆無花果已剖半

唇齒髮梢鼻尖就站上那一點，世界
原是這抽象的點，一時還沒有愛

我是革命份子，我冷靜，行邁
靡靡，中心搖搖，是有一些成熟的風
透過鈴鐺轉述，有人
那人在簷下抬頭看我

眼神隨我的翻轉而迷離，他認定
那努力無非就是些詭異的美學
抖擻胸前一疊縝密的信
低頭復展開新的書寫動機

有人，他糾結的指形在稿面上疾疾
編織，擺盪，強忍遺忘
仿擬我迅猛的裸舞，全黑中
發光的字跡

讓原諒和遺忘走向同一種音步
讓泥巴，使他的緊抱者呼吸

這是天賜的孤獨，春天
從網袋裡抖出我們連同恐懼
在彼此眼中傳神；肚胃裡（警覺
愛已消化）肚胃裡懷有母親

結一張精緻的絲球包裹自己
不避笨拙，等待催熟的風
吹向世界萬千你我，看
起落的風，我們撐傘入天空

看底下眩目的迷彩，斷片與落葉
與人們紛紛辭走，舉起砲管
使玻璃震顫：一瞬也織就了蛛網

倘若它美，也因為它可怕

這是礦井，沒有天空
我們是長腳的石頭，對著深淵投落

這是世界，杳然，你和我
將散點透視上任一點緊緊抓住
繼而毒液，緩緩釋出
一隻放線的盲蛛

巴別塔圖書館：二〇九九

翻頁的聲響遽爾中止在大師的
沉吟，使我深怕不免他也慌亂嗎
過完這五十六秒就要回歸檔案數據
變化的位元在他眼中閃閃顫動

「編號九四〇。」館員出聲向我們催促
大師的話音卻有意放緩：「這樣的
問題如果真有答案。」言畢他的投影
垂目滿桌的書本遂熄滅，獨留一張

小紙條——我持它急急逃出巴別塔
皺摺中攤開一個歪斜的字——「藿」
拆讀它？詮釋它質疑它？訓詁早已成
崩解的學問，在這個歷史完全透明的時代

又降大雨，只好回到這圖書館
裡頭正主題展覽：顧爾德的十指，嵇康的
琴，編號九四〇的「靜——」有人設計將音樂這樣
轉譯為緩慢開放的花朵光雕這樣

豈可以？我倖倖走出展區而館員
攔我：你們人類好像很愛藝術但藝術
不過是真實的千萬之一種我這樣說

你莫要傷感，真的，如果——

你看——順著那平穩的指尖是一扇窗
玻璃在大雨下起霧，他揮手擦去
細看大雨，外頭無垠是一片圖書館草坪
一隻蚯蚓正完成（用盡最後的力氣）

蜷曲。「如果仔細看——」揮手
擦去霧色變幻的玻璃，時間之外山水
彷彿螺鈿，隨光影傾斜打開五百年
五千年五萬年前曾失落的一個指環

在那指環，相同的位置是當蚯蚓

蜷曲。這時降下大雨，指環
被一尾斑隹銜起，於高空閃爍於這時
降下——本來要落入一名少女的懷中

——雷擊。那少女是誰的夢？那戒指
如何穿上歷史抽長的枝枒？
——艸地降下大雨，碰巧淋落
那尾斑隹的頭頂——你看得仔細

世界是這樣不斷在放大鏡下變形
一個字扎根於現實，卻反覆的拆解卻
質疑卻詮釋，終於沖淡為遙遠
褪色的記憶。特朗斯特羅默為此

提早耗盡了詞彙，而貝多芬太想聽見
那拒絕著凡人的音樂。但線條
與色彩的瓦解不也賜福了塞尚？
所以你不要太焦慮，所以

編號九四〇無法回答你的問題
只是苦苦翻書，以有限的手指
撩撥無窮——遍尋不著
那將由你創造的旋律

注：「藿」的字構乃雨水打落草地而鳥類驚起之勢。

The Virtuoso

不是噪音，也遠非音樂。

——〈近乎哀歌〉約瑟夫・布羅茨基

足足兩個月沒有發音，我再次將你下載到
我的喉間。二十六年後你的壓縮包已廣為流傳
當我唱：「не музыку еще, уже не шум.」
不免我也陷入徒勞的搜索，心裡想

那意思是不是雷同於我的鄉音：「靜——
這裡是一切的峰頂？」然而雙手抱胸

你說：「不，」在閘門口等待著列車（笑容
煥發如禾本科）：「濟慈早說過，更早
是歌德。」這種植物只在將死之際開放花朵

我試著向觸目所見的詞語撒網，是有些
痛苦掙扎其中，撼動我逡巡的步容
在狂風即將到站的捷運溝渠：此地，此時
遠非天堂，也遲未掉落地獄，我們能考古些什麼？

「仔細一點。」他說：「仔細看——」
還真有個白點（或者黑？）非黑非白的
小圓形：堅固，駁雜，顆粒，這宇宙中的突起

在閃光中變焦。「像什麼？」他問
「花崗岩？」搖搖頭，「水墨畫？」再搖
「那麼一定是癌症了。」他大歎一口

「再更仔細一點！」但這網子輕得已近負數
廣如將我包裹的另一個維度。透過孔洞
化身為孔洞，我俯瞰內部黼黻無限穿梭的光針

沒有任何一根線為了引導誰走出這世界的迷宮

如看一場露天電影：太陽繞著天空轉
符號未必就象徵著無限，即便是上帝的書法
我嘗到那十二分之一茶匙，一隻蜜蜂採集一生的蜜

牠生前的動態也如那顆勞碌的太陽：一隻比較老的蜜蜂

我目睹了維納斯像斷臂的瞬間，裙子向虛空掉落
挪姿，飛升，呈螺旋——失去了雙手但衍生出情節
我還看見復活的度度鳥和貝多芬第十號由ＡＩ續寫

還有什麼未竟的，還有什麼不可能？
他大罵：「胡來！這些比考古更可恥。」
「可奧登說，」我反駁：「藝術誕生於此。」

浪花中有三十種已知的白，還有十七種未解
而當雷聲無限放緩，迫壓時間解漓
猜猜我計算出幾種對位與合聲？

蝴蝶柔軟的機翼，反覆裝滿
又倒空大氣，煽動雲朵的縮放軌跡
打發著奶油般的永恆

因為技術就是材料的死亡，鐵匠手中
毀滅正向材料試金：增長的極值
正以毀滅，換取極值的增長

一切已不同凡響。鏽澀著，苔生著

狂風仍未到站的捷運溝渠，此時
此地——下起一場意料未及的雨

「你最後看到的是什麼？」他問
「淋著雨的鐵軌，淋著鐵軌的雨。」
他抿唇，點菸，表達著滿意

那熱能倏忽抽乾站內的電燈光
「別怕，只是質量守恆。」拿起菸
他在空中比劃，像拉拔一根鎔造中的鎢絲

像是夕陽的狐尾，以火的流言掃蕩入夜的城
果戈里也曾如此——流亡的列車沒來載他

不必的，他已是炭，是火

是《變形記》中的一小節：輸出為蒸氣與動力
揹滿整車的難民，這橫向的天堂電梯
這移動的墓葬，他的輪廓已藏身於層層玻璃

他，果戈里，早已抵達了未來，潛入元素的隧道
像潛入良夜的魚雷——爆炸前的寡言
如〈The Minor Bird〉，或者〈寓言：黃雀〉

從瘋狂的黑暗中回來，只為了與我沉默相對
而布羅茨基與我，這晚，乘上了扶梯

在出站口，感到一陣襲來的狂風
一陣狂風正驟起——因我回頭

菸霧已冷不防散開，恍如激蕩的雲泥
刮過他的臉頰。看啊，他正將自己
以水的行書，抄入夜的台閣

Mångata：盡頭一盞訊號燈——月亮
引導他游向雙魚，為祂點睛，自此
失去所有質量，或者說，從質量中獲釋
大師已回歸宇宙位元無窮量原子態檔案數據

終章　功課

今天，昏黃中，烏雲完成了它的功課
將你和我趕入同一條雨巷
騎樓下，絢惑的燈光
一灘水窪看起來也那麼特別
像是不安地在睡
像是我們的心識
突然赤裸，敏於動亂
我看著你，已逝者

臉孔既不渙散，也不反抗
因對苦難開始感到疏離
而散發出一點迷失，或神聖？
我相信，痛苦的人都是歌唱家
極富表情而不自知

而只有發瘋或天真的人才會在這一刻
向你提出要求而這一刻
抵過所有
以目的為代價的坦承。已逝者
請看看我，因為下一秒
光芒將往你的瞳仁封上琥珀
但也不要緊，就讓溪水流過那叢薄荷

越洗越翠，奇蹟就是這麼發生的
無時無刻，消逝不盡著美的本分

請點上煙吧，投入天際
你高昂的眼神
已是一袋拋空的金子
引力將它緩衝，靜止
彷彿泡入水中沉
沉到底，然後金子也將浮上海面
在昏黃的天地裡完成它的功課

你將看到，從平流層
高高地向下看

你的注視已在潮水裡流通
如一塊溫順的布
以白邊織就，擦拭著板塊
永不停，一遍遍
彷彿淡慢的使女在空闊的宅第
以一雙無形的手
有情地捧拭著花瓶
一遍遍，永不停

你將突然成為一個孤證的旁觀者
在把玩中摸出自己單純的心竅
是一組風笛，不能吹出笛音
而吹出了風的無邊與透明

讓我們透過蘆葦和灰塵交談吧
沒有恥辱，因為你不再求尊嚴
於虛無處，這就是今夜我向你懺悔的原因
這就是你像僧侶一樣走掉的原因

現在，我懂得，你若將我推入大水
也因為我是舟子，而你是山河
將盡你母親的天能
使一個孩子去回亙古的子宮
豁免於暴力
請讓我們以天地，而非以人類的尺度
來度量我們是否孤獨

假使一個詩人
真正繼承了詩的尊嚴
與記憶，那麼他會懂得
貶謫的旅途如何擴張了語言的窮途
點上這支菸，孤煙也完成了它的功課
將織體纏綿的時間劃破
在散亂的夜色中緊繃

你持煙的手勢也將在這一刻
霧燈下，如一名打坐者
結著有力的手印，如一座
冥想中的天秤，秤著
虛無。你將以同樣的手

輕彈我顛撲的額頭
化一切功課
為眼前，萬物轉盤上
小小的賭注

我們數
而荷葉披露

代跋：人該如何燒錄黑暗

○聚焦

把衣飾一件件褪下，摺好，收起邊角，整齊地疊在一旁，盤起腿來。我想和你坐在木地板上喝第二泡茶，告訴你今夜的月亮缺了一角但是很美，這樣的小事，如果你願意聽。一封長長的信。木心說，日記是寫給自己的信。而信無非是寫給別人的日記。

母親幼時曾遭遇，一次伴隨高燒的炎症壞了心臟的瓣門，從此不能有過劇的運動。意思是，她是抱著何等的決心來生育我——她從不吝於買書給我看，只要是書，買來我都看：繪本、科學期刊，甚至是《寶島少年》。我喜歡《Bleach死神》，殘酷、絕美、暴力。裡頭妖怪的胸口總有一個烏黑的洞，那是什麼？是什麼讓我覺得自己也有。

兀然空虛。一個洞也能寫嗎？哪有人這麼寫，哪有這樣的人。

我還是無法回答詩是什麼——「畷口上一隻歛翼的蝴蝶」、「冬天往那人耳裡結著蛛網」——如果接著聯想，那畷口就是耳朵，而蝴蝶死在了網中，這樣豈好？但詩也不是那座廢棄不用的畷口，不是那尾辭枝而落網的蝴蝶，詩不是冬天，不是那人的耳朵。

拒絕一個定理，細看那局外的景深，發現耳朵也神似於貝殼，而貝殼，這古老的催眠，又神似於什麼？梵谷的《星空》？這漩渦可是用耳蝸換來的？德希達說「延異」，勉強有道理。奧維德曾說「變形」，歌德說「轉譯」。在數學、機械、生物科學裡，都說「螺旋」（Spiral）。

而我會說「燒錄」。眼看一個洞開始旋轉，記憶，輸出，加速度。

這時，世界已沿著切線，拋出我的感知之外，所有時序都重新組構——大雨要來了，胸口如明滅的一盞燈，迷茫，大霧中迷茫的飛蟻與蛾群，包圍過來，就像希臘的城池圍攻著荷馬。我是一個不確切的存在，就像荷馬。宇宙從盡頭開始瓦解，黑暗燒錄著我們，一個個存在將要脫模，完整地掉落，只留下一個孔竅。

心，彷彿一個孔竅——這是失敗的比喻。因為有人曾抱著必死的決心，依靠著孔竅，吹奏出生命的旋律。母親說，多才的外公就能如此，用一片葉子吹奏出無數樂曲，想必她是繼承了這異稟，用她心臟的孔竅吹奏出我的生命。如此，我才理解自己的傳承與記憶，如何吹奏我的孔竅：一顆心時而空虛，時而一股猛然的心悸。詩是如此，當想像入侵現實，未來置入了現世，謂之靈感。拉丁語動詞Spiro，原意是「當上帝吹氣」。當上帝向那胸間空虛的孔竅吹氣，Spiro遂轉音（延異／變形／轉譯）為一個引申語：活著。

○**感測**

今天我走到木瓜溪床，泥沙俱在腳下，面對著奇萊，背後是太平洋，看見三個人自五百步遠走來，吆喝，蹦蹦跳跳，視力能及，我突然想，在古代這豈不是一件可怕的事。佔地，掠奪，燒殺。攸關性命。

我極目追蹤，似乎與其中一個對上眼。起身爬上沙坡，看見他們就在我的機車旁，三個原住民大漢，白髮短短，明目絳齒，嚼著檳榔。原來他們在遠處觀望，是以為我要尋短。我說，散步。他們不管，反覆提醒我要樂觀。然後勻出一支菸給我。

我想起你在散文裡提及，你也曾遊歷過，在幼年，誤闖部落，難忘那相投的氣味與聲光，甚至衣衫鮮豔的編織你都記得。善良、寡淡、樂觀，這些不穿上衣的漢子，結束一天的工作，來到溪邊採玫瑰石，因緣遇見，便坦坦蕩蕩地愛我，還要約我烤肉。

鐵道與大橋橫貫木瓜溪，村落四周破落得像十九世紀。我想幸虧你是幼年時去過，若是及長，像我一樣，滿腦子燒殺、佔地、掠奪，這樣豈好？

我與他們吞吐著太平洋上的雲霧，看著溪岸堆起一車車大石塊，遠方的海坪起起伏伏，更外邊的海浪則全面響應，這是人類與自然，或者說，毀滅與永恆正在爭奪著彼此的生存空間，萬物的運動法則自古如此，尚可稱得上靜力平衡。我想像這些海，石，與天空，都曾是上古神祇的殘骸與遺存，遙遠不可親，卻構成了我的生存空間：快速飛移的雲霧、溪底閃爍的石頭，或者挺在水上，一株搖曳的白火野芒花。

按照凱爾特民俗傳說，人死後會化為草木，拚命顫動，尋求生人的辨識，藉此才能復活。波赫士稱之為「已經消亡的極端主義」，幽靈一直在場。因此「現世」的確是一切生命的形式，否則草木理應不會顫動。無奈生人的眼睛都是瞎的。但若直面那股顫動，隨時隨地，看得夠深，夠細，看出那「暫時中的永恆」（就像在清晨薄光的書房裡，看出一件文學作品中各細節所共趨的主題），該能辨識出，當中有震撼的靈魂。

兩棵樹在相近的地方生長時，他們的樹冠會在貼靠之處留下一道狹窄而連綿的縫隙，羞怯的兩棵樹基於對彼此的尊重而為對方留下空間。我不懂這該用什麼理論去講解，當我想，有時愛我的人也會沉默，也會離開共處的房間，一些詞語沉到水下，滲入地底。

我知道，那當中有我非聽不可的東西。

○讀取

把頭髮浸入溪流，可以感覺到溪流中所有的事物，透過這種天線，連結上水的全部感官，我能察覺一顆鵝卵石被潮水反覆沖刷時，每一次都不同於上一次的感受。有時，一隻魚奮力游到頂端產卵，死於精疲力盡，留下陣陣綿長的戰慄。或者當下游鷺鷥的獨腳正在沙灘上書寫，一些蚌類正將自己的殼緊閉起來，祈禱水流將自己埋得更深。有時我讀得比那些蚌類再深一些（像水草用根部向下探尋，與另一株之間你來我往的曖昧關係，但在擴張版圖的過程裡毫不混淆，保留了些許縫隙），深到不免接觸一些基石的思想，它正用自己的冥想來抵禦那不斷碎裂的渴望。我察覺到花崗岩之中的每一個石頭分子都盡全力在思考，以證明自己的存在與氣質，以至於抵消了時間和碎裂。

在這種練習中我逐漸習慣了一切，眾多意象已脫離了意象的束縛，聯覺也不再陷於聯覺的網羅，而是觀察層面的事情，或者說，就只是世界的巨量真實。後來我即便是想也不想，僅僅跟隨潮水的流向——這當中飽含著陽光、大氣壓力，和地球運動的意志——我也能察覺到難以計量的軟體動物、珊瑚、蘚蟲、介形蟲和底棲性有孔蟲如何焦慮地分泌出石灰質，那種碧碧波波的輕微聲響，透過聲響的細微差異我能辨別出他們的情緒，也不全是焦慮，常常就是那樣幸福地滋生著自己的殼體，最後像所有物質一樣，因各種不可抗的因素而團聚在一起，融鑄成一片巨型石灰岩，或者說，一片充滿激情的死亡臉譜。人類卻只將它敲碎，攪拌，灌水，為了蓋一幢水泥房。

有次我碰巧聽見一塊貝殼的內部，一束旋轉的色帶，那是一種介於規則與不規則間的螺狀旋律，那是一道由高而低，或者由低而高的琶音。事實上，在那樣的感知結構中，音階是不存在的，就像一個人被丟入太空時「上下左右」是不存在的，只有無窮的熱能與位移。在那樣的時空中但凡有些動靜，都會朝向它的終極型態而去，沒有頻率，所有的聲音都是元音。因此那聲琶音也未必有著發聲或被撥奏的先後順序，時間上來說，就像是雷聲的奏鳴，是數種聲響共時疊加的結果，難以區分前後，渾然一體，使人抬頭迷惘著聽。如果用圖像來比喻，則它近似於層層帶狀的極光陣列，或者整體流蕩的管風琴，而那雙神祕的手腳只在一個暗處輕輕將鍵盤按壓，調控。

可想而知，演奏者的心思卻全然不在旋律，祂只是想著宇宙萬物的所有此在，想著我也曾戮力想過的那一切，當然也包括那顆貝殼的所思所想。我所觀察到的那形狀、波紋、旋律，正是貝殼曾經的主人分泌著焦慮或不焦慮的石灰質時，對其所在環境所做的紀錄或反應：海流、光線、水壓、蜉蝣。而這一切又與它所無法蠡測的太陽、月相、磁場波動、宇宙射線有關。那道旋律就是在這樣的情況下毫不知情地挾帶著萬物的記憶與遐想，被拋入了空中，像創世的第一道光線，像一顆無助的氫氣球，拋向一切未知之處，拋入了中子與質子、粒線體與核糖核酸，以它本來的螺旋之姿，並自動衍生著螺旋的另一股。

我把頭從砂卡礑中抬起。眼前波光粼粼，世界嶄新不已。一切之初，生命就是這樣誕生的。「各從其類，果子都包著核。」《創世紀》所言不假。

〇光雕

另一個世界是這樣的，我走進去，你已坐著，像幅靜物畫，坐在這挑高、昏暗、震盪的音響室，四周播起片刻不停的音樂，沒有時間軸可供快進或倒回，沒有一首歌曲是重複的——這意思就是永恆。

我坐進雙人沙發剩下的那個位子，你垂首在聽馬勒，像一個默禱者。黑暗中，只有遠處的微光間或閃爍，打亮我們變幻的臉頰，而時間所有的感知向度正在一併壓縮，輸出到音樂中，音樂，就這樣分秒控御著我們的注意力——燒錄。黑暗燒錄著我們。

約莫是坐了一首馬勒，一組飛利浦．葛拉斯，又一首拉赫曼尼諾夫的時間吧——銅管、鋼琴、銅管——我很耐心地聽著，終於忍不住清喉嚨，決定禮貌地打破這過於優雅的喧囂，沒想到一出聲，音樂驟然而停，你迷惘抬頭，直直盯住我。

「要菸嗎？」我從口袋裡翻出新樂園五號，一支放到唇上，勻出另一支備好給你。

「這是教堂。教堂裡不許抽菸的。」你說。我認出這聲音確實是你，雖然，早先我只在廣播裡聽過。

「這不是教堂。」我說。

「這是教堂——我在這裡聽音樂，從早到晚。」

「不是我愛聽的音樂，所以這不是教堂，頂多只是個音響室。況且，現在是早上還是晚上啊？」

你微微愣住，還是不准：「音響室也好，是不許抽菸的。」

「為什麼？」

「在這裡，時間只容許一種燃燒方式。」你提出這個極具魅力的觀點，我幾乎要被說服了。但你旋即又放軟了口吻：「所以，你說得對，這裡沒有早上或晚上，這裡沒有時間，只有音樂。」

「如果這裡是錄音間呢？我認識的樂團在錄音間總是抽菸的。」

「我試過了，菸是點不起來的，在這裡。」為了向我驗證，你亮出自己的打火機，作勢點它，但滾輪因使用過度早已壞掉。

「那你有沒有試過，把自己當成音樂的一部分？」

我的話音剛落，冥冥中如有感應，室內音樂又飄然而至，並緩緩提高著分貝，像是電影裡陪襯的背景音樂加強度（crescendo），帶來一種奇異的氛圍，使得兩人在聲光緩緩增幅下，竟能拋卻兀隍，進而彼此信任，若有神助。

你接過，我點火。人度量之乖舛與遼迴，在一瞬間相越。

緊迫的喉嚨鬆開一陣煙霧，你微微抬頷，瞇起眼睛，終於笑了一下，做舉杯貌，迎出手上的煙：「敬錄音間。」

我回禮：「敬新樂園。」

黑暗中，兩簇有限的火光像一對螢蟲，在空中交換著光熱，在明滅中牽引著彼此，高低往返，如此有情。而煙霧，就在空間裡膨脹，持續外擴，為了使自己消失，它變幻、暈眩、猶疑，與陣陣微光相碰，抵銷著彼此，又反覆投入於無窮——像一組好看的幻燈片聊以解憂。

有了煙霧，誰還需要外頭的陽光？

這時一陣鑼鈸響起，菸差點脫手而出。我認出了這陣前奏。

「哇嗚，你也聽平克佛洛伊德？」

「Lotuses lean on each other in yearning……」你跟著哼起的這句我知道，出自杜牧，〈齊安郡中偶題二首〉。我喜歡的則在後頭，跟我一起唱：「One inch of love is one inch of shadow……」翻譯回來是李商隱：一寸相思一寸灰。

故事是這樣，平克佛洛伊德的貝斯手沃特斯偶然讀過一本A. C. Graham編譯的晚唐詩選，就這麼拿去寫歌了。晚唐詩人的晦澀與旖旎，竟能越文化之藩籬，自然融入六〇年代的歐美迷幻搖滾，不可思議。然而，鮮少有人知道這些人類心靈中近乎瘋狂的神思出乎唐詩，只有耳朵極其纖敏，而又博通中西者，才可能細到黼黻處，將這些靈魂辨識出來吧。而外頭的世界裡，我知道，早已沒有這種人了。

「你像靜物畫一樣在這裡坐了多久？」我問。

「記不起來了，上次來的是誰我也記不得。」你淡然喫菸：「靜物，Nature morte。意思是已死的自然物。」

「但英文是Still life，仍然活著。」

明知我在狡辯，你仍淡然繼續喫菸。默認這一切，因為你我有所共識，因為A. C. Graham誤譯了李商隱，何嘗不是一種美的邀請？遠遠不需要雄辯。懷敬意默然聽完這曲，又響起馬勒的銅管回歸循環。我們相視一眼，彼此知道，這意思就是永恆。何況，菸已燃盡。

你第一次主動開口：「好了，把菸頭給我，你該走了。」我唯唯照做，起身，但四周不見有門。

突然發現空氣中還有什麼在繼續燃著，燒散出熒熒光熱，有煙霧無限膨脹、變幻、暈眩——原來，菸頭在你的手中緊攢。我跑過去，想要緊緊捉住，扳開，卻是你反過來將我的手握住，像是在給我把脈，像是握著一個門把，然後打開。

你像門一樣自動打開。那原是出口，卻轉瞬成為入口的門，有陽光漫射進來，沒有敵色與友色之分，打亮我身後的房間，空氣中充滿了由你而逸散，向外出發的灰塵，像音樂，曾充滿在錄音間，現在轉而充滿整個世界。

黑暗不再燒錄著我們。光線，反覆雕刻著微塵，給它體積，給它生命，我看見這世上的一切都是灰塵的前身，也將是灰塵的來世，塵土內於這世界，又從外部包裹它，生死迢迢往返，成為某人肺的一部分，成為哮喘或者癌症，成為天上凝結的雲霧，成為雨後泥土的氣味，成為沙漠，成為飢餓，成為靜電也成為語言，成為物質成為不滅。

二〇二二年九月二十五日　花蓮、淡水

獻詞

深深感謝曹馭博最即時、最恆久的熱誠擁戴；謝謝王信益與郭天祐在最緊迫的時刻陪伴我校潤草稿；謝謝我的爺爺奶奶、父母、弟妹，及所有家人為我所做的一切，你們的愛成就了我的冒險；謝謝須文蔚、張寶云、許又方、游宗蓉、吳明益五位教授在東華大學為我啟蒙能用之一生的思想知識與精神氣質；謝謝洪聖翔、林佑霖、洪萬達、林宇軒、謝銘、王柄富、嚴瀚欽幾位詩歌夥伴長久以來的技藝切磋與精神交流；謝謝在第一時間抽空閱讀本書初稿的諸位專業人士，尤其是吳晟、吳懷晨、陳黎、靈歌、陳子謙、楊智傑、成東幾位詩人，沒有你們熱烈的閱讀、建議與鼓勵，我的工作將無以為繼；特別向壽山高中林秀潔老師與風球詩社廖亮羽詩人致謝，我的寫作歷程由此乃始；也向

「後山文學年度新人獎」主辦單位與評審團獻上誠摯的謝意，本書因你們的支持而順利出版；最後向雙囍出版的主編廖祿存致謝，若無他的悉心照料與往返探討，則書中許多內容絕無可能如此通脫而恰韻地完成。

「111年後山文學年度新人獎」得獎作品專輯館長推薦文

對文字的書寫有恆久的熱愛

江愚（國立臺東生活美學館館長）

時序入秋，轉眼間一年一度的文學獎又即將邁入尾聲，與此同時，後山文壇上也有三位初登場之新銳作家作品，巧合的是，今年三件得獎作品皆為新詩：蕭宇翔《人該如何燒錄黑暗》、陳昱文《還在》及張詠詮《身故受益人之死》。整體而言，新世代的創作者受到當代的事件、生活元素及網路現象的種種影響，作品中呈現強烈的生活感，並建構出屬於個人特色的詩宇宙。

蕭宇翔《人該如何燒錄黑暗》新詩作品，評審團給予高度肯定，其詩稿結構完整，語文穩定、成熟，可以感受作者具強大的創作企圖心；另外，作品也向楊牧大師致敬，可以看到詩的傳承精神。

溫柔、敦厚是陳昱文《還在》新詩作品的最大特色，他的用字典雅，但為景造詞、不做作，作品內容豐富，充滿驚喜與驚奇，腳踏實地書寫花蓮在地人文，作品融入「溝仔尾」、「介壽眷村」，與在地深深呼應。

張詠詮的《身故受益人之死》新詩作品，意象及表象的處理手法相當熟練，設計性完整，詩句圓潤、漂亮，具備詩的氣氛、氣息；另外，對於社會人性的洞察也相當清晰，其中的〈生日〉一首，談及社會平等議題，讓委員印象深刻，在新人獎中，此部作品已具備成熟書稿條件。

期許未來的創作新人們，作為一位書寫者，能夠持之以恆地繼續書寫，能夠保有對於文字熱情，並突破不同寫作型式，嘗試不同的可能性，才能讓作品更加豐富成熟，也期待未來發表更加多元的作品。

最後，本館由衷感謝「111年後山文學年度新人獎」評審委員：陳素芳、周昭翡、邱上林、莊瑞琳、甘耀明5位委員，經過一番討論與評審過程後，用編輯與作家的專業眼光，遴選出今年的得獎作品，在此向辛勞的評審們致上無限的謝意與敬意。

雙囍文學10

人該如何燒錄黑暗

作者　蕭宇翔

堡壘文化有限公司——雙囍出版｜總編輯：簡欣彥｜副總編輯：簡伯儒｜責任編輯：廖祿存｜行銷企劃：許凱棣｜裝幀設計：陳恩安

讀書共和國出版集團——
社長：郭重興｜發行人兼出版總監：曾大福｜業務平臺總經理：李雪麗｜業務平臺副總經理：李復民｜實體通路組：林詩富、周宥騰、郭文弘、賴佩瑜｜網路暨海外通路組：張鑫峰、林裴瑤、王文賓、范光杰｜特販通路組：陳綺瑩、郭文龍｜電子商務組：黃詩芸、陳靖宜、高崇哲、沈宗俊、黃亞菁｜閱讀社群組：黃志堅、羅文浩、盧煒婷、程傳玨｜版權部：黃知涵｜印務部：江域平、黃禮賢、李孟儒

出版：堡壘文化有限公司　雙囍出版｜發行：遠足文化事業股份有限公司｜地址：231新北市新店區民權路108-3號8樓｜電話：02-22181417｜傳真：02-22188057｜Email：service@bookrep.com.tw｜郵撥帳號：19504465 遠足文化事業股份有限公司｜客服專線：0800-221-029｜網址：www.bookrep.com.tw｜法律顧問：華洋法律事務所　蘇文生律師｜印製：韋懋實業有限公司｜初版1刷：2022年11月｜定價：新臺幣420元｜ISBN：9786269650231｜EISBN：9786269650248（PDF）9786269650255（EPUB）

本書為「111年後山文學年度新人獎」得獎作品

國家圖書館出版品預行編目(CIP)資料

人該如何燒錄黑暗/蕭宇翔著. -- 初版. -- 新北市：堡壘文化有限公司雙囍出版：遠足文化事業股份有限公司發行, 2022.11
228面；12.8X19公分. -- (雙囍文學；10)
ISBN 978-626-96502-3-1(平裝)
863.51　　111016926

謹將本書獻給楊牧先生，謝謝他曾誕生在這世界